westermann

FiNALE Prüfungstraining

Berlin und Brandenburg

Mittlerer Schulabschluss / Erweiterte Berufsbildungsreife

2024

Englisch

FiNALEonline.de

Liebe Schülerin, lieber Schüler,

sobald die Original-Prüfungsaufgaben zur Veröffentlichung freigegeben sind, können sie unter **www.finaleonline.de** zusammen mit ausführlichen Lösungen kostenlos heruntergeladen werden. Gib dazu einfach diesen Code ein:

EN7s9Gf

Einfach mal reinschauen: www.finaleonline.de

Autorinnen: Katrin Frost
sowie Elke Dreyer

Druck A[1] / Jahr 2023
Alle Drucke der Serie A sind im Unterricht parallel verwendbar.

Redaktion: Federlese GbR – Christina & Boris Kühne, Grevenbroich
Kontakt: finale@westermanngruppe.de
Layout: LIO Design GmbH, Braunschweig
Umschlaggestaltung: Gingco.Net, Braunschweig
Umschlagfoto: Peter Wirtz, Dormagen
Druck und Bindung: Westermann Druck GmbH, Georg-Westermann-Allee 66, 38104 Braunschweig

ISBN 978-3-07-**172487**-7

Was erwartet dich in diesem Buch?

In einigen Wochen oder Monaten wirst du in Berlin oder Brandenburg die Abschlussprüfung im Fach Englisch ablegen. Um dir die Aufregung vor diesen bevorstehenden schriftlichen und mündlichen Tests zu nehmen und dich mit den Prüfungsanforderungen und Aufgabenformaten vertraut zu machen, haben wir Beispielaufgaben und Tipps zur gezielten Vorbereitung zusammengestellt. Alle Beispielprüfungen orientieren sich inhaltlich und sprachlich an den Berliner Originalprüfungen der letzten Jahre. Wenn du dieses Buch also schrittweise durcharbeitest, Tipps und Tricks verinnerlichst und erfolgreich anwendest, wirst du den Abschlussprüfungen ruhig und entspannt entgegensehen.

Teil A widmet sich der *schriftlichen* Abschlussprüfung. In diesem Abschnitt erhältst du Informationen zum organisatorischen Ablauf und den einzelnen Prüfungsteilen sowie zu den Aufgabenformaten der Prüfungsschwerpunkte Hören, Lesen, Schreiben und Mediation (Berlin) beziehungsweise für die Überprüfung des Hörverstehens und Leseverstehens (Brandenburg). In kleinen Schritten wirst du an die Aufgabentypen herangeführt und durch Lösungshilfen und geeignete Strategien bei der erfolgreichen Bewältigung der Tests gezielt unterstützt.
In den Abschlussjahren 2022 und 2023 begrenzte die Berliner Senatsverwaltung in Reaktion auf pandemiebedingte Unterrichtseinschränkungen die schriftliche Abschlussprüfung auf die rezeptiven Kompetenzbereiche Hören und Lesen, wobei das Schreiben und die Sprachmittlung den Schwerpunkt in den Klassenarbeiten im Verlaufe des Schuljahres bildeten. Im Jahr 2024 wird die Prüfung nach derzeitigem Kenntnisstand wieder in ihrer ursprünglichen Form durchgeführt. Sie überprüft damit auch wieder die Kompetenzbereiche Schreiben und Mediation. Da uns noch keine detaillierten Informationen vorliegen, kann es zu kleinen Abweichungen in den Aufgabenformaten kommen, doch werden die vorliegenden Übungsmöglichkeiten in jedem Fall die Entwicklung deiner Sprachkompetenz fördern.
Im zweiten Teilabschnitt findest du drei angeleitete Prüfungsbeispiele, die von den Aufgabenstellungen und dem Schwierigkeitsgrad Originalprüfungen entsprechen. Hier kannst du deine Kenntnisse in aller Ruhe überprüfen. Zu deiner Unterstützung findest du Lösungshilfen und Tipps, die dir die spätere selbstständige Vorgehensweise erleichtern. Der vierte Test ist die Originalprüfung Berlin aus dem Jahr 2022. Die Originalprüfung für das Jahr 2023 bekommst du im Internet, sobald sie zur Veröffentlichung freigegeben ist. Sie ist dann zu finden unter www.finaleonline.de und kann mit dem Code von Seite 4 heruntergeladen werden.

Hast du noch Lücken aus den vorherigen Schuljahren? Dann empfehlen wir dir das FiNALE Grundlagentraining Englisch (ISBN 978-3-7426-1891-7). Es bietet prüfungsrelevantes Grundlagenwissen zum Nachschlagen und Üben. Ergänzend dazu findest du unter www.finaleonline.de/grundlagentraining ein kostenloses Online-Training aus interaktiven Übungsaufgaben und Arbeitsblättern zum Ausdrucken.

In **Teil B** erhältst du Informationen zur *mündlichen* Prüfung. Auch hier widmet sich der erste Abschnitt dem organisatorischen Ablauf und den Prüfungsthemen bzw. -formaten.
Darüber hinaus haben wir dir auch hier eine Sammlung von Strategien und Hilfen zur effektiven Prüfungsvorbereitung zusammengestellt. Du findest zahlreiche Redewendungen sowie Tipps und Tricks, die dir helfen, im mündlichen Prüfungsgespräch erfolgreich zu bestehen.

Alle Übungen, zu denen es Audio-Dateien gibt, erkennst du an diesem Symbol 🎧. Um die Audio-Dateien anzuhören, gib auf der Internetseite www.finaleonline.de den Code von Seite 4 ein.
Dem Buch beigelegt ist natürlich ein Lösungsheft.

Wir sind uns sicher, dass du dich nach der Bearbeitung dieses Buches für das „Finale" gewappnet fühlst, und wünschen dir für die Prüfung viel Erfolg.
Das Autorenteam

Teil A Die schriftliche Prüfung

A 1 Vorbereitung: Let's get ready for the test!

A 1.1 Was wird in der schriftlichen Prüfung erwartet?

Die zentrale Abschlussprüfung im Fach Englisch ist in Berlin und Brandenburg eine **kombinierte** Prüfung zur erweiterten Berufsbildungssreife (eBBR) und zum mittleren Schulabschluss (MSA). Das bietet dir die Chance, entweder die Anforderungen für die eBBR oder für den MSA zu erfüllen. Dabei entscheidet die Anzahl der erreichten Punkte darüber, welchen der beiden Schulabschlüsse du erzielt hast.
Die schriftliche Prüfung in Berlin enthält Aufgaben zum Hör- und Leseverstehen, zum Schreiben und zur Sprachmittlung. Damit unterscheidet sie sich sicher nicht sehr von Klassenarbeiten, mit denen du schon vertraut bist.

INFO Prüfung in Brandenburg

Die zentrale schriftliche Abschlussprüfung im Land Brandenburg ist wie auch die Berliner Prüfung eine kombinierte Prüfung zur erweiterten Berufsbildungsreife (EBR) und zur Fachoberschulreife (FOR). Die erzielte Gesamtpunktzahl entscheidet darüber, welcher der beiden Schulabschlüsse erreicht wird.
In ihrer schriftlichen Prüfung bearbeiten Schülerinnen und Schüler im Land Brandenburg ausschließlich Aufgaben zur Überprüfung des Hör- und Leseverstehens. Diese Prüfung entspricht den Teilen Hörverstehen und Leseverstehen der schriftlichen Prüfung des Landes Berlin. Detaillierte Informationen zum auch in Brandenburg durchgeführten Teil findest du unter A 1.2, A 1.4 und A 1.5.
Alle weiteren Informationen zum Aufbau und Ablauf der schriftlichen Abschlussprüfung beziehen sich daher auf die Prüfung des Landes Berlin.

A 1.2 Zum Aufbau der schriftlichen Prüfung

Die schriftliche Prüfungsarbeit besteht in Berlin aus zwei Teilen und in Brandenburg aus einem von zwei Teilen, in denen unterschiedliche Fertigkeiten überprüft werden:
Teil I: Hörverstehen
Teil II: Leseverstehen und Schreiben

Im **ersten Teil** der Prüfung wird das Hörverstehen überprüft. Dazu werden dir vier verschiedene Hörtexte vorgespielt. Der vierte Hörtext ist besonders anspruchsvoll und wird in den Originalprüfungen mit einem Stern (*) gekennzeichnet.
Zu jedem Hörtext erhältst du unterschiedliche Aufgaben, z. B. das Zuordnen von Bildern zu (Lautsprecher-) Ansagen oder die Auswahl der korrekten Lösung aus mehreren Antwortmöglichkeiten (Multiple Choice). Diese Art von Aufgaben ist dir sicherlich nicht neu. **Aber Vorsicht:** Lass dich nicht täuschen! Oft sind die Antwortmöglichkeiten derart ähnlich, dass man leicht etwas Falsches ankreuzt. Es gilt, genau hinzuhören und die Aufgabenstellung und Antwortmöglichkeiten in Ruhe zu bedenken.

Im **zweiten Teil** der Prüfung werden deine Fertigkeiten im Lesen und Schreiben getestet. Du erhältst einen zweiten Aufgabenbogen, den du selbstständig und in deinem individuellen Tempo bearbeiten kannst.
Das **Leseverstehen** wird anhand drei unterschiedlicher Leseaufgaben überprüft. In der Regel wird hier getestet, ob und inwieweit du in der Lage bist, unterschiedlich langen Texten beziehungsweise Textsorten Informationen zu entnehmen. Das Textangebot reicht von Hinweisschildern bis hin zu längeren Zeitungsartikeln. Zu jedem Lesetext bekommst du Aufgaben, zu denen du wiederum die richtigen Lösungen auf dem Aufgabenbogen angeben sollst. Das sind in der Regel Auswahl-(Multiple Choice) und Zuordnungsaufgaben (*matching*). Auch hier gilt: Nimm dir Zeit und lies die Aufgabe und die Antwortmöglichkeiten **genau** durch! Ein voreiliges Vorgehen führt auch hier schnell zu Fehlentscheidungen.

Bei der **ersten Schreibaufgabe** sollst du in der Regel einen Beitrag in einem Online-Chat schreiben. Du sollst einen kurzen Text zu einem Foto schreiben, das du gepostet hast. Dabei wird dir ein Foto vorgegeben, zu dem Freunde Fragen gestellt haben. Diese Fragen sollst du nun beantworten. Tipps und Hinweise dazu findest du im Kapitel 1.6 „Schreiben".
In der **zweiten Schreibaufgabe** wird dir beispielsweise ein Beitrag eines gleichaltrigen Teenagers aus einem Onlineforum präsentiert, auf den du angemessen antworten sollst. Es wird von dir erwartet, dass du gestellte Fragen und Aufforderungen ausführlich und natürlich sprachlich korrekt beantwortest.
Die **dritte Schreibaufgabe** überprüft deine Fähigkeit, Informationen aus deutschen Texten sinngemäß und zweckgebunden ins Englische zu übertragen (Mediation). Dabei kann es zum Beispiel um Freizeitaktivitäten oder Ideen für Projektwochen gehen. Wichtig ist es, zu beachten, dass du Inhalte nicht wörtlich übersetzen, sondern sinngemäß übertragen sollst. Nützliche Tipps und Strategien zur Umschreibung von Wörtern und Wortgruppen findest du im Kapitel 1.7 „Mediation".

INFO zu den Schreibaufgaben

Zur Überprüfung deiner Schreibfertigkeit werden dir in der Regel drei Aufgaben gestellt:
1. Schreiben eines Beitrags in einem Online-Chatroom
2. Antwort auf einen Online-Forumsbeitrag
3. sinngemäßes Übertragen von Informationen ins Englische

A 1.3 Weitere Hinweise und Informationen zur schriftlichen Prüfung

1. In den Aufgaben zur Überprüfung des Hör- und Leseverstehens erhältst du für jede richtige Antwort einen Punkt.
2. Zur Bearbeitung aller Prüfungsaufgaben stehen dir **insgesamt 150 Minuten** zur Verfügung: 45 Minuten für den Hörverstehensteil (Teil I) und 105 Minuten für den Leseverstehensteil (Teil II).
3. Die Benutzung eines Wörterbuches oder anderer Hilfsmittel ist **nicht gestattet**.
4. Die Aufsicht führende Lehrkraft beantwortet während der Prüfung keine fachlichen Fragen. Du musst dir die Aufgaben also immer ganz genau durchlesen.

A 1.4 Hören

Im Hörverstehensteil der Prüfung kannst du zeigen, inwiefern du in der Lage bist, aus unterschiedlich langen und komplexen Hörtexten detaillierte bzw. globale Informationen zu entnehmen. Das können Lautsprecherdurchsagen, Sprachnachrichten, Radiospots, Diskussionen oder Gespräche sein, wie sie dir in englischsprachigen Ländern tatsächlich begegnen können. Dabei musst du dich je nach Sprechsituation und/oder Herkunft der Sprechenden auf verschiedene Hintergrundgeräusche, variierende Sprechgeschwindigkeiten und auch unterschiedliche Akzente der englischen Sprache einstellen. Das erfordert viel Konzentration, weshalb die Überprüfung des Hörverstehens in der Regel zu Beginn der Prüfung erfolgt.

TIPP Radiospots

Radiospots sind häufig extrem kurz und werden sehr schnell gesprochen. Deshalb ist es wichtig, auf dir bekannte Schlüsselwörter (Nomen und Verben) zu achten. Sie geben dir oft Hinweise auf das Thema oder die Textaussage. Auch Hintergrundgeräusche verraten dir etwas über den Ort oder die Situation.

In den verschiedenen Aufgabenformaten werden drei Arten des Hörverstehens überprüft:
Globales Hörverstehen bedeutet, dass du den Hauptgedanken eines Hörtextes verstehst. Dazu musst du meist herausfinden, wer mit wem spricht, was die allgemeine Sprechsituation ist (z. B. auf dem Bahnhof, am Telefon usw.) und worum es allgemein geht. Einzelheiten sind dabei nicht so wichtig.

Durch **selektives Hörverständnis** beweist du, dass du die Antwort auf eine ganz bestimmte Frage heraushören kannst. Du versuchst also, ganz gezielt eine Information (einen Preis, eine Uhrzeit, eine Bahnsteignummer usw.) herauszuhören. Die anderen Informationen des Textes musst du dafür nicht vollständig verstehen.
Detailliertes Hörverstehen ist wichtig, wenn du Einzelheiten und genauere Informationen oder Haltungen aus Gesprächen oder Berichten entnehmen sollst. Diese Art des Hörverstehens erfordert sicherlich die höchste Konzentration, da auf alles Gesagte geachtet werden muss.

INFO zu den Aufgabentypen

Zur Überprüfung des Hör- und Leseverstehens werden in der Regel folgende Arten von Aufgabentypen verwendet:

1. *Multiple choice* (= *Tick the correct answer.*)
2. *Note-taking* (= *Complete a table/grid using keywords.*)
3. *Matching* (= *Find the matching "partner(s)".*)

Welche Aufgabenformate erwarten dich beim Hören?
Insgesamt erwarten dich vier unterschiedliche Aufgabenteile, die wie folgt aussehen:

Im **ersten Hörverstehensteil** geht es darum, **detaillierte Fakten** aus Lautsprecheransagen oder anderen öffentlichen Durchsagen sowie Telefon- oder Voicemailnachrichten herauszuhören. Das können Uhrzeiten, Ortsangaben, Wettererscheinungen, Werbeprodukte oder ähnliche Informationen sein. Du erhältst zu jeder Frage vier Auswahlmöglichkeiten, die jeweils durch ein Bild unterlegt werden. Deine Aufgabe ist es, dich für das richtige Bild entscheiden.

AUFGABENBEISPIEL ZUM 1. HÖRVERSTEHENSTEIL

- You are going to hear four people reacting to pictures.
- Look at the pictures and then listen to each message.
- Decide which picture each speaker reacts to and put a tick in the right box.
- You can listen to the recording twice.

1. Which picture does the speaker react to?			

A ☐	**B** ☐	**C** ☐	**D** ☐

Im **zweiten Hörverstehensteil** werden dir etwa vier **Radiospots** (z. B. Radiowerbungen) vorgespielt. Diese haben oft ein hohes Sprechtempo und sind zum Teil mit Musik oder anderen Geräuschen unterlegt. Deine Aufgabe ist hier, den Hauptgedanken des Spots zu erkennen. Dazu bekommst du in der Aufgabenstellung eine Liste von fünf bis sechs Slogans, die du dem jeweiligen Spot zuordnen musst, oder du bekommst pro Radiospot mehrere Antwortmöglichkeiten und musst dich für eine entscheiden.

AUFGABENBEISPIEL ZUM 2. HÖRVERSTEHENSTEIL

You are going to hear four radio spots.

- Read the six slogans below first.
- Choose the right slogan for each spot from the list and put a tick under the right letter (A–F) in the grid.
- There is only one slogan for each spot. Two slogans cannot be matched.
- You will hear the recording twice.

A) Become a paramedic and help others!

B) Experience a great festival at work!

C) Join Dr Howard and get fit!

D) Dare to dream big - write a book!

E) If you love it, repair it!

F) Think your town is boring? Go exploring!

		Slogan					
Number	**Radio Spot**	**A**	**B**	**C**	**D**	**E**	**F**
5	Radio Spot 1						
6	Radio Spot 2						
7	Radio Spot 3						
8*	Radio Spot 4						

Der **dritte Hörverstehensteil** überprüft im Anschluss deine Fähigkeit, wichtige Einzelinformationen aus längeren Monologen, Berichten verschiedener Sprecherinnen und Sprecher, Podcasts oder Gesprächen unter Freundinnen/Freunden herauszuhören und in Form von komprimierten Stichpunkten in eine Tabelle einzutragen. Dabei kann es sich oft um persönliche Erfahrungsberichte und Gespräche zu einem Thema handeln. Die Aufgabenstellung bzw. Tabelle gibt dir vor, zu welchen Aspekten dieses Themas du Informationen erfassen sollst. Unter Umständen sind bereits Teile der Tabelle exemplarisch ausgefüllt, und Zellen, zu deren Fragestellung im Hörtext keine Informationen vorkommen, sind durchgestrichen.

AUFGABENBEISPIEL ZUM 3. HÖRVERSTEHENSTEIL

- You are going to hear three people talking about their favourite holiday.
- You can listen to the recording twice.
- Complete the table below. Use 1 to 5 words or numbers for each answer.

	Where did they go?	**What did they do?**	**Best experience**	**Costs**
	1	3	watching a falcon hunt	7
		4	5	8
	2		6	9

Im **vierten Hörverstehensteil** verfolgst du als Hörer/-in eine Talkshow oder Radiodiskussion zu einem alltagsrelevanten Thema. Dabei diskutieren verschiedene Personen (manchmal moderiert), deren Argumente, aber auch Gefühle und Einstellungen du erkennen sollst. In der Aufgabenstellung bekommst du dazu verschiedene Antwortmöglichkeiten oder Aussagevarianten und musst die passenden heraushören und markieren.

AUFGABENBEISPIEL ZUM 4. HÖRVERSTEHENSTEIL

- You are going to hear a radio programme about eco-friendly tourism.
- There are three speakers: Jenny O'Reilly (the host), Dr. Louise Lehane (an environmental scientist), Tony Porter (a travel blog writer) and Hester Ingleman (a caller).
- Read the statements below first, then listen to the recording. Put a tick in the box next to the correct statement. Only one statement is correct.
- You can listen to the recording twice.

1. According to Dr. Lehane, what is the first step in making one's travels more eco-friendly?	**A**	travelling by car instead of plane	☐
	B	travelling less	☐
	C	travelling to destinations closer to home	☐

Welche Strategien helfen dir beim Hörverstehen?
Alle Hörtexte der schriftlichen Prüfung werden dir zweimal vorgespielt. Du musst also nicht bereits nach dem ersten Hören alle Aufgaben und Fragen vollständig beantworten können.
Es gibt Strategien, die dir helfen, möglichst schnell und effektiv das Wichtigste zu erfassen. Das zweite Hören solltest du dann in jedem Fall dafür nutzen, deine Antworten genau zu überprüfen und wenn nötig zu ergänzen.

a) Vor dem Hören:
- Lies dir die Aufgabenstellung genau durch. Überlege, worum es im Hörtext gehen wird und was du schon über dieses Thema weißt. Denke darüber nach, welche englischen Wörter und Begriffe du zu diesem Thema erwarten würdest. Vielleicht begegnen dir diese ja dann wirklich im Text. Beachte, dass es manchmal mehrere Wörter für einen Begriff gibt.
- Finde aus der Aufgabenstellung genau heraus, welche Details oder Informationen du erfassen sollst.
- Schau dir vorgegebene Antwortmöglichkeiten in Ruhe an. Du kannst Schlüsselwörter auch vorab markieren, damit sie dir beim Hören gleich ins Auge fallen.
- Gibt es Aussagen, die dir von vornherein wenig sinnvoll erscheinen?
- Sprich dir vorgegebene Zahlen/Uhrzeiten stumm vor, dann fällt es dir vielleicht später leichter, sie herauszuhören.
- Konzentriere dich vor dem zweiten Hören auf die Aufgabenteile, bei denen du unsicher bist oder für die dir Informationen fehlen.

b) Beim Hören:
- Konzentriere dich auf die Aufgabe und bleibe möglichst entspannt.
- Du musst nicht jedes Detail verstehen. Falls du den Faden verlierst, gib nicht auf und setze später wieder ein.
- In der Regel sind die Aufgaben und Fragen in der Reihenfolge gestellt, wie die Informationen im Hörtext auch gegeben werden.
- Lass dich möglichst nicht von Hintergrundgeräuschen, Musik oder Akzentvarianten irritieren oder ablenken.
- Überprüfe beim zweiten Hören deine Auswahl/Antwort genau.

TIPP Hörverstehen langfristig trainieren

An der Anzahl und Vielfalt der Aufgabenformate erkennst du bereits, dass es sich lohnt, Ausdauer und Konzentrationsfähigkeit beim Hörverstehen gezielt und langfristig zu üben.
- Bestimmt haben viele deiner Lieblingsfilme und -serien ein englisches Original. Dann sieh dir regelmäßig eine Folge oder einen Film in englischer Sprache an. Dazu aktiviere am besten die englischen Untertitel. So kannst du Gehörtes auch parallel mitlesen. Beginne mit einem Film oder einer Serie, die du bereits kennst. Das macht den Einstieg leichter. Heutzutage bieten nicht nur DVDs, sondern auch viele andere Medienplattformen diese Sprachauswahloption.
- Hör bei deinen englischsprachigen Lieblingssongs doch mal genauer hin. Erkennst du, worum es in dem Lied geht? Zur Hilfe und Kontrolle kannst du manchmal eine Textoption nutzen oder den Songtext im Internet finden und beim Hören mitlesen.
- Verfolge die Nachrichten oder den Wetterbericht ab und zu auf Englisch. Englischsprachige Sender wie CNN oder BBC sind zum Beispiel über das Internet verfügbar. Dabei kann es hilfreich sein, wenn du dich vorher auf Deutsch über das Weltgeschehen/Wetter informierst und die Informationen dann vergleichst.
- Für viele deiner Lehrwerke (und auch für diesen Band) gibt es begleitende Hördateien auf CD oder im Netz. Nutze diese regelmäßig, um gezielt Höraufgaben zu üben oder Lesetexte mitzuhören.

– Das Internet bietet eine Vielzahl von Quellen für authentische Hörtexte. Du findest Vlogs, Radiosender, Podcasts und mehr in englischer Sprache zu den verschiedensten Themen. Wenn du dir etwas zum Hören auswählst, was dich interessiert, kannst du gleichzeitig deine Sprachkompetenz und dein Allgemeinwissen bereichern.

Wenn du auf diese Weise langfristig und regelmäßig trainierst, wirst du schnell merken, dass nicht nur dein Hörvermögen besser wird, sondern du wirst auch deinen Wortschatz erweitern und dein Gefühl für die englische Sprache und ihre Strukturen verbessern.

A 1.5 Lesen

Bei den Leseverstehensaufgaben des MSA ist eine Auswahl an englischsprachigen Texten zu lesen und zu erfassen. Dabei wird von dir erwartet, dass du die Hauptaussage eines Lesetextes ohne die Hilfe eines Wörterbuches erschließt. Du musst aber auch in der Lage sein, detaillierte Fakten oder Einzelinformationen herauszulesen.

Insgesamt erwarten dich drei unterschiedliche Leseaufgaben.

Was erwartet dich?

Der **erste Leseverstehensteil** ist eine **Zuordnungsaufgabe**. Du erhältst Informationen zu fünf verschiedenen Personen, aufgrund derer du jeder Person aus einer Auswahl an Hobbys, Urlaubszielen, Büchern oder Ähnlichem zwei passende Items zuordnen musst.

Im **zweiten Leseverstehensteil** werden dir sechs **Kurzmitteilungen** (z. B. Reklame- oder Warnschilder, Verhaltensregeln, Hinweistafeln) präsentiert. Deine Aufgabe besteht darin, die Kernaussage dieser Mitteilungen zu erfassen.

Im **dritten Leseverstehensteil** erwartet dich ein längerer Artikel zu einem aktuellen Thema aus dem Bereich Unterhaltung. Dieser Text handelt z. B. von berühmten Persönlichkeiten und ihren Aktivitäten oder gibt Hintergrundinformationen zu aktuellen Filmen und Fernsehshows. Im Multiple-Choice-Verfahren musst du hier nachweisen, dass du sowohl die Kernaussage als auch detaillierte Textinformationen genau verstanden hast.

Lesetechniken kennen

In allen Prüfungsteilen zum Lesen sind folgende zwei **Lesetechniken** wichtig:

1. Das *skimming*: Diese Technik wendest du an, wenn du einen Text schnell überfliegst, um dir einen ersten **Überblick** darüber zu verschaffen, worum es überhaupt geht.
2. Das *scanning*: Diese Technik nutzt du, wenn du in einem Text nach **bestimmten Informationen** suchst, um Textverständnisfragen konkret zu beantworten.

Die Anwendung beider Techniken kannst du natürlich üben. Wenn du folgende Tipps und Tricks verinnerlichst, wirst du die Prüfungsaufgaben sicher wesentlich ruhiger und erfolgreicher in Angriff nehmen können.

Lesetechniken anwenden

Skimming – das „überfliegende" Lesen:

1. Schau dir zuerst die **Überschrift** an. Sie verrät dir oft schon, worum es in dem Text geht.
2. Der **erste** und der **letzte Satz** (eines Textabschnittes) sind häufig wesentlich für das inhaltliche Textverständnis.
3. Ist der Text in Abschnitte gegliedert? Jeder Abschnitt widmet sich in der Regel **einem Aspekt** des Themas (z. B. Kindheit, Karrierebeginn, heutiges Leben eines Stars) und hilft dir so, dich zu orientieren.

TIPP Lesen

- Lass dich beim Lesen nicht von unbekannten Wörtern demotivieren. Nicht jedes Wort oder Detail ist für die Lösung von Bedeutung.
- Lass Fragen, auf die du nicht sofort eine Antwort findest, zunächst ruhen. Markiere sie und beantworte sie nach Erledigung aller anderen Aufgaben.

Scanning – das „suchende" Lesen:
Du suchst gezielt nach Informationen, die dir helfen, konkrete Leseverständnisfragen zu beantworten (z. B. das Alter, Hobbys, Einstellungen oder gemeinnützige Aktivitäten einer Person). Dabei ist es oft nicht notwendig und eher zeitraubend, jeden einzelnen Satz ganz genau zu lesen.

1. Überfliege (*Skimme!*) den Text zunächst. Markiere **Schlüsselwörter** (Nomen, Verben, Jahreszahlen usw.) im Text (z. B. *years old, likes, hobbies, free time* oder *charity*), die dir später helfen, konkrete Textaussagen wiederzufinden.
2. Texte sind oft in Sinnabschnitte gegliedert. Teile sie farbig oder durch Bleistiftstriche voneinander ab.
3. Konzentriere dich ausschließlich auf diese markierten Textteile und finde Schlüsselwörter, die dir helfen, die Frage zu beantworten.

Du musst davon ausgehen, dass du beim ersten Überfliegen der Texte auf eine Vielzahl unbekannter Wörter und Wendungen stößt. Da es sich um authentische Texte, d. h. Originaltexte aus dem englischsprachigen Raum handelt, ist das auch normal und keineswegs ein Grund zur Panik. Wichtig ist, dass du Strategien kennst und anwendest, die dir helfen, strukturiert an die Leseaufgaben heranzugehen und die geforderten Informationen gezielt zu finden. Die folgende Vorgehensweise beziehungsweise **Schrittfolge** soll dich dabei unterstützen.

Schritt 1: Bereite dich auf das Lesen vor.

- Lege Materialien zum Markieren und Hervorheben von Textinformationen bereit. Das können farbige Textmarker, Buntstifte und ein Lineal sein.
- Gibt es Bilder oder eine Überschrift, die dir vielleicht schon eine Idee vom Textinhalt geben?
- Lies nun die Aufgabenstellung genau durch. Worauf musst du dich beim Lesen wirklich konzentrieren? Markiere bereits in der Aufgabenstellung wichtige Wörter und/oder Hinweise.
- Schaue anschließend die Lösungsvarianten an. Sie geben dir wichtige Hinweise auf die Textaussage bzw. einzelne wichtige Details, auf die du beim Lesen gezielt achten musst.

Schritt 2: Lies den Text aktiv.

- Lies den gesamten Text zunächst einmal zügig durch. So bekommst du einen guten Überblick, worum es überhaupt geht.
- Lies den Text jetzt unter Beachtung der Aufgabenstellung. Markiere nun wichtige Schlüsselwörter oder Wortgruppen, die für die Beantwortung der Fragen wesentlich sind. Nutze dabei verschiedene Farben für verschiedene Aspekte.

Mit unbekannten Wörtern umgehen

Beim Lesen englischsprachiger Texte werden dir immer wieder Wörter und Wendungen begegnen, die du nicht kennst. Das geht dir sicher auch bei der Lektüre einer deutschen Zeitung so, und es ist kein Anlass zur Besorgnis. Um einen Text im Gesamtzusammenhang zu verstehen, muss man nicht jedes einzelne Wort kennen. Wenn dir ein bestimmtes Wort allerdings wesentlich für das Textverständnis erscheint, können dir folgende Tipps zur Bedeutungserschließung vielleicht helfen:

1. Lässt sich die Bedeutung vielleicht aus dem Satzzusammenhang erschließen?
Beispiel: "Don't let your dog foul our streets and parks. Clean up!" Im Zusammenhang mit „dog", „streets" und anschließendem „clean" kann „foul" wahrscheinlich nur eine Bedeutung haben – das Beschmutzen der Straße durch den Hund in irgendeiner Form.

2. Erkennst du einen Wortstamm, von dem dieses Wort abgeleitet sein könnte?
Beispiele: „unrecognisable": „recognise" = erkennen, die Vorsilbe *-un* verneint etwas und die Nachsilbe *-able* entspricht dem Deutschen *-bar* (d. h. etwas ist machbar). „unrecognisable" könnte also bedeuten: nicht zu erkennen, nicht erkennbar bzw. unkenntlich.
„payment": „pay" = bezahlen; *-ment* = Substantivendung. Das Wort bedeutet demnach Bezahlung.

3. Lässt sich die Wortbedeutung aus der Muttersprache erschließen?
Beispiele: „phenomenon" = Phänomen; „spontaneous" = spontan, „debate" = Debatte bzw. debattieren

4. Ergibt sich eine Verbindung zu weiteren Fremdsprachen, die du vielleicht kennst?
Beispiele: „gouvernement" (*frz.* Regierung) = „government" (*engl.* Regierung); „violence" (*frz.* Gewalt) = „violence" (*engl.* Gewalt) ; „fortune" (*frz.* Glück) – „fortunately" (*engl.* zum Glück / glücklicherweise)

A 1.6 Schreiben

Die Schreibaufgaben der Prüfungen umfassen normalerweise verschiedene Textsorten und haben damit verbunden spezifische Anforderungen. Es wird zum Beispiel von dir erwartet, dass du in einem Onlineforum ein Bild kommentierst bzw. einen kurzen Text dazu schreibst oder auf einen Forumsbeitrag bzw. eine E-Mail adressatengerecht, fremdsprachlich korrekt und angemessen antwortest.

INFO zu den Schreibaufgaben

Zur Überprüfung deiner Schreibfertigkeit werden dir in der Regel drei Aufgaben gestellt:
1. Schreiben eines Beitrags in einem Online-Chatroom;
2. Antwort auf einen Online-Forumsbeitrag;
3. sinngemäßes Übertragen von

Was erwartet dich?
In der **ersten Schreibaufgabe** werden dir Fragen zu einem von dir geposteten Foto gestellt. Dieses Foto hast du im Chatroom veröffentlicht und musst dazu nun einen kurzen, sinnvollen Text schreiben.
In der **zweiten Schreibaufgabe** wird dir eine **E-Mail** beziehungsweise ein **Brief** einer/eines Gleichaltrigen präsentiert, den du zunächst lesen und verstehen musst. Deine Aufgabe besteht anschließend darin, auf die in der E-Mail gestellten Fragen ausführlich und sprachlich angemessen zu reagieren. In diesem Brief geht es in der Regel um ein kontroverses/streitbares Thema, z. B. den Umgang mit Taschengeld, unterhaltsame Freizeitaktivitäten oder sinnvolle Bemühungen gegen den Klimawandel.

Schreibtechniken kennen
a) Schreibaufgabe 1: Informationen zu einem Foto geben
Bevor du die Fragen des Chatmitglieds zu deinem Foto beantwortest, solltest du diese Schrittfolge einhalten:
1. Schau dir das Foto in Ruhe an. Stell dir vor, was passiert sein könnte. Lass deiner Fantasie freien Lauf!
2. Notiere dir nun die Fragen zum Foto auf einem Extrablatt.
3. Sammle Ideen und mache dir Notizen zu jeder Frage. So vergisst du nichts.
4. Die Notizen und Ideen helfen dir später, einen zusammenhängenden Text zu schreiben.

b) Schreibaufgabe 2: Auf einen Forumsbeitrag / eine E-Mail antworten

Vor dem Schreiben:

Auch hier sollst du auf Fragen aus einem Forumsbeitrag antworten. Deshalb ist es günstig, die Aufgabenstellung in den folgenden kleinen Schritten zu erledigen:

1. Lies den Forumsbeitrag zunächst sorgfältig durch.
2. Markiere das Thema. Häufig wird nur ein Thema behandelt.
3. Wichtig: Unterstreiche alle im Text gestellten Fragen. Denk daran, dass du in deiner Antwort möglichst alle Fragen ausführlich beantworten musst.
4. Nummeriere die Fragen und mache dir zunächst zu jeder Frage auf einem Extrablatt Notizen. Diese Notizen kannst du später ausformulieren.

Es ist immer sinnvoll, vor dem Schreiben Ideen zu sammeln. Diesen Schritt nennt man **Brainstorming**.

INFO zum Brainstorming

Beim Brainstorming schreibst du zuerst einmal alle spontanen Ideen und Einfälle zu einem Thema oder einer Fragestellung ungeordnet auf. Später sichtest und strukturierst du diese Ideen, als

- **Mindmap** (Das Thema wird dabei in die Mitte geschrieben, von dem Oberbegriffe oder Unterthemen abzweigen. An jeden Ast kannst du dann passende weitere Ideen schreiben.) oder als
- **Prioritätenliste** (Sichte deine Ideen oder Argumente und schreibe sie je nach persönlicher Gewichtung untereinander. Beginne mit der dir wichtigsten Idee.).

Gliedern – die Struktur guter Texte

Komplexere Texte, dazu gehören auch Briefe oder E-Mails, erkennt man an den folgenden **drei Abschnitten**. Nutze Absätze, um den Text zu strukturieren.

1. **Einleitung**
   (Bedanke dich für den Erhalt der E-Mail oder gehe knapp auf das allgemeine Thema ein, bevor du deine Antwort einleitest.)
2. **Hauptteil**
   (Hier schreibst du über dich, deine Erfahrungen bzw. deine Meinung. Du beantwortest dabei die Fragen, die dir gestellt wurden.)
3. **Schlussteil**
   (Fasse deine Ausführungen sinnvoll zusammen und/oder formuliere abschließende Fragen an dein Gegenüber. Verabschiede dich.)

INFO Redemittel – E-Mail/Brief (informell)

Anrede/Begrüßung: *Hello/Hi/Dear ...*
Einleitungssatz: *Thank you (so much) for your email/letter. / Great to hear from you. / I'd love to ...*
Abschluss/Verabschiedung: *Say hello to ...(name) / Hope to hear from you soon. / Looking forward to hearing from you.*
Grußformel: *Yours/Love ...*

Benutze beim Schreiben deines Textes keine Abkürzungen *(text language abbreviations)* wie „u" *(„you")*, „2" *(„to")* oder „coz" *(„because")*. Außerdem solltest du unbedingt auch Kurzformen wie „wanna" *(„want to")* oder „gonna" *(„going to")* vermeiden.

Nach dem Schreiben

Nimm dir nach Fertigstellung deines Textes unbedingt die Zeit, das Geschriebene noch einmal in Ruhe durchzulesen und zu korrigieren.

1. Ist der Text vollständig? Hast du alle erforderlichen Informationen eingefügt?
2. Findest du eventuell noch Rechtschreib- oder Grammatikfehler?

A 1.7 Mediation

Mediation bedeutet Sprachmittlung. Die Mediationsaufgabe in der schriftlichen Prüfungsarbeit testet deine Fähigkeit ab, wichtige Informationen aus deutschen Texten ins Englische zu übertragen. Das ist keine reine Übersetzungsaufgabe. Es geht vielmehr darum, für die Aufgabenstellung wesentliche Aspekte zu erkennen und dann sinngemäß ins Englische zu übertragen.

CHECKLISTE zum Verfassen eines Forum-Beitrags / einer E-Mail

1. ☑ Ausgangstext lesen und Fragestellungen markieren/hervorheben
2. ☑ Brainstorming: Ideen sammeln und sortieren
3. ☑ Schreiben: Redemittel beachten, mit Absätzen strukturieren
4. ☑ Inhalt und Sprache überprüfen

Was erwartet dich?

Du erhältst zwei Ausgangstexte (z. B. Biografien, Erfahrungsberichte, Ausflugstipps etc.) in deutscher Sprache. Deine Aufgabe besteht darin, entsprechend der Aufgabenstellung einen Text für den gegebenen Anlass auszuwählen und Schlüsselinformationen in der Fremdsprache zu formulieren. Die Aufgabenstellung gibt dir Anhaltspunkte, welche und wie viele Informationen du zu welchem Zweck übertragen musst. Dabei sollst du eine E-Mail schreiben.

Um diese Aufgabe erfolgreich zu lösen, bietet es sich an, die folgende **Schrittfolge** einzuhalten:

1. Lies die Aufgabenstellung genau. Unterstreiche bzw. markiere die Informationen, die du konkret weitergeben musst.
2. Wenn nötig, mache dir zuerst Notizen auf einem Schmierzettel, bevor du die Aufgabe schriftlich ausarbeitest.

TIPPS zur Sprachmittlung

- Übersetze nicht Wort für Wort!
- Konzentriere dich auf das Wesentliche und lass unwichtige Einzelheiten weg.
- Formuliere kurze und einfache Sätze.
- Umschreibe Wörter, die du nicht kennst oder die dir (vor Aufregung) nicht einfallen.

Strategien zum Umschreiben von Wörtern

Es gibt verschiedene Möglichkeiten, Wörter zu umschreiben, die einem während der Prüfung nicht einfallen. Wenn du in diese Situation kommst, versuche es doch einmal so:

- Paraphrasiere das Wort, d. h., umschreibe es mit einem Wort, das dieselbe oder eine ähnliche Bedeutung hat. (z. B. „winzig“ = *tiny* = ***very small***)
- Versuche es mit dem Gegenteil. (z.B. „hell“ = *bright* = ***not dark***)
- Umschreibe das Wort mit einer Wortgruppe. (z. B. „Geldbörse“ = *purse/wallet* = ***a small bag for your money***)
- Umschreibe mithilfe von Ober- bzw. Unterbegriffen. (z. B. „Besteck“ = *cutlery* = ***knives, forks and spoons***)
- Umschreibe den Begriff mit Relativsätzen, z. B.
  - *It is an animal that ...*
  - *It is something you need/use for ...*
  - *It is someone who ...*
  - *It is a place where ...*

A2 Angeleiteter Test 1

Teil I: Hörverstehen

TIPP zum Hörverstehen

Denk daran, dass du alle Texte zweimal anhören kannst. Dinge, die dir vielleicht fehlen oder die du nicht genau verstanden hast, kannst du also im zweiten Anlauf noch ergänzen. Beschrifte die Bilder auf den Schreiblinien mit Schlüsselbegriffen, auf die du beim Hören achten solltest. Achte dabei besonders auf bedeutsame Unterschiede zwischen den Bildern und fasse diese in Wörter. Wenn sich etwas auf mehrere Arten ausdrücken lässt, notiere möglichst alle Varianten.

Listening Part 1: Travelling by Train – Travel Announcements

Track 1

TASKS

You are going to hear two announcements. There are two questions for each announcement.

- Look at the pictures and listen to the recording.
- Choose the correct picture and put a tick in the right box.
- You can listen to the recording twice.

Announcement One: At the station

1. Why is the train to Manchester Airport late?

A ☒

B ☐

C ☐

D ☐

2. Which platform will the train leave from?

A ☐

B ☐

C ☒

D ☐

Announcement Two: On the train

3. What can you get in the £ 4.99 meal deal?

A ☐

B ☐

C ☒

D ☐

---

4. Which is the Virgin train service to Manchester Piccadilly?

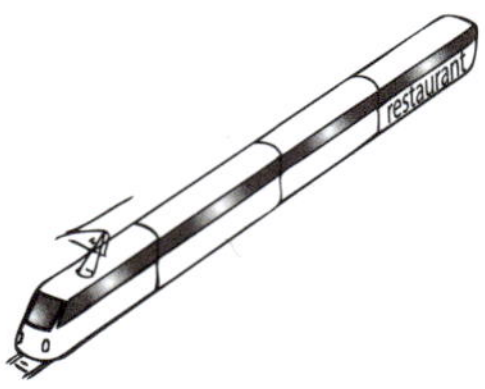

A ☐

B ☒

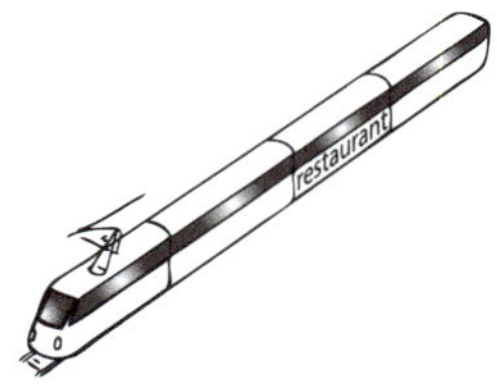

C ☐

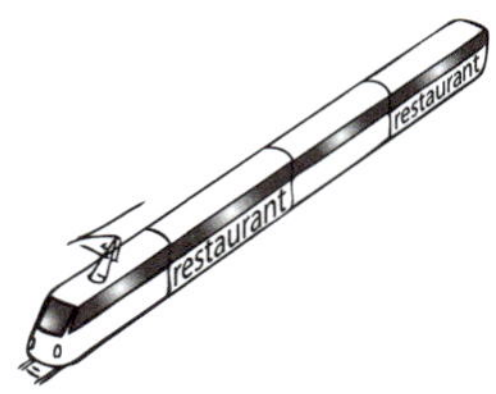

D ☐

LÖSUNGSHILFEN

Du erinnerst dich sicher an die Schritte, die man beim Hörverstehen beachten sollte (S. 13): Lies dir die Aufgabenstellungen genau durch und schau dir die Bilder gut an.

Announcement 1: Die Aufgabenstellung verrät dir, dass du den Grund für die Verspätung eines **Zuges** erkennen sollst. Da das zweite Bild jedoch einen Flughafen zeigt, kannst du dieses Bild bereits ausschließen. Die Bilder 1 und 4 zeigen kaputte Dinge (Signal und Zugfenster). Achte hier also auf die Schlüsselwörter *signal* bzw. *windows*. Das dritte Bild erfordert die Wörter *rain* und/oder *clouds*.
Das Erkennen der korrekten Bahnsteignummer ist etwas einfacher. Sprich dir die vorgegebenen Zahlen vor dem Hören einfach noch einmal halblaut vor, sodass du den Klang bereits im Ohr hast.
Announcement 2: Die Überschrift „On the train" verrät dir, dass die folgende Ansage während der Zugfahrt erfolgt. Du sollst zuerst heraushören, welche Mahlzeit zu einem Sonderpreis angeboten wird. Die Bilder verraten dir auch hier die Schlüsselbegriffe, auf die du achten musst. Notiere sie dir vor dem Hören unter die Bilder: A. *pork*, *potatoes*, *salad*; B. *sausage*, *potatoes*, *salad*; C. *chicken*, *potatoes*, *salad*, *coke/drink* und D. *sandwich*, *coke/drink*.
In der letzten Teilaufgabe geht es um die Position des/der Zugrestaurants. Hilfreiche Schlüsselbegriffe könnten hier *first/last car*, *middle*, *front/mid position*, *(at the) front/back* sein.

Listening Part 2: Radio Ads

Track 2

TASKS

You are going to hear four radio adverts.

- Read the statements below and listen to the recording.
- Tick the correct statement for each radio ad.
- You can listen to the recording twice.

5. (Ad 1)
This advert tells you …

A	how to buy tickets for Glastonbury Festival.	☐
B	how to get a first aid qualification.	☐
C	what kind of work you could do at Glastonbury Festival.	☒

6. (Ad 2)
This advert …

A	gives people the latest traffic news about highway construction work.	☐
B	wants people to buy environmentally friendly cars.	☐
C	wants people to team up and travel together in one car.	☒

7. (Ad 3)
This radio advert …

A	wants more people to ride a bicycle.	☐
B	tells people to wear a helmet when cycling.	☒
C	asks skateboarders to wear protective clothing.	☐

8. (Ad 4)
This radio spot is looking for people who …

A	give the money they normally earn in one hour to children in need.	☒
B	are prepared to spend one hour collecting money for children in need.	☒
C	want to do volunteer work in a children's home for one hour a week.	☒

LÖSUNGSHILFEN

a) Vor dem Hören:

Auch beim zweiten Aufgabenteil, dem Hörverstehen von Radiospots, solltest du dir zunächst die Aufgabenstellung und die Lösungsvorgaben genau durchlesen. Markiere bereits in den Lösungsvorgaben **Schlüsselwörter** (Nomen und Verben), die dir später als Signalwörter beim Textverständnis helfen.
Ad 1: Unterstreiche z. B.
A) buy, tickets, festival; B) get, first aid qualification; C) kind of work, do, at festival

b) Beim Hören:

Achte nun auf die **Hauptaussage** des Textes. Die unterstrichenen Schlüsselwörter helfen dir, wichtige Informationen „im Auge" zu behalten.
Achtung: In der Regel enthält jede Ankreuzmöglichkeit einen Aspekt, der in den Hörpassagen angesprochen wird. Nur eine passt aber genau. Lass dich also nicht irritieren und höre von Anfang bis Ende konzentriert zu.

Listening Part 3: The Summer Holidays

Track 3

TASKS

- You are going to hear some friends talking about the summer holidays.
- You can listen to the recording twice.
- Complete the table below using keywords.

	holiday idea	reason why
David	9. garden work	something you can be proud of
Tina	10. ~~relaxing day~~ Beauty day	13. You feel relaxed
Michael	11. Cooking at Home	14. it's cheaper than a restaurant
Becky	12. Yoga	15. to be fit
Tom	volunteer work	16. do something for the future
Karen	give your bedroom a new look	17. Some thing that can make you Happy

LÖSUNGSHILFEN

a) Vor dem Hören:

Lies zunächst die Überschrift und schau dir die Tabelle in Ruhe an: Es werden sich Freunde über ihre Pläne für die Sommerferiengestaltung unterhalten. Deine Aufgabe ist es, die Ideen und deren Begründung („reason why") stichpunktartig zu notieren.

b) Beim Hören:

Bewahre Ruhe. Höre konzentriert zu und notiere die Aussagen beziehungsweise Schlüsselwörter, die du verstehst. Wenn du etwas nicht sofort verstehst, ist das kein Problem. Du kannst den Text ein zweites Mal anhören.

c) Nach dem ersten Hören:

Markiere nun die Felder, auf die du beim zweiten Hören besonders achten musst. Konzentriere dich beim nächsten Durchgang vorrangig auf diese fehlenden Details.

*Listening Part 4: World Animal Day – Going Veggie?

Track 4

TASKS

You are going to hear part of a radio talk about eating meat.
There are four people talking: a presenter, Amber, Dylan and Connor.

- Read the statements below and listen to the recording.
- Put a tick in the box next to the correct statement.
- In each task only one statement is correct.
- You can listen to the recording twice.

18. Of the three teenagers interviewed ...	A	everybody eats meat on a regular basis.	☐
	B	Amber and Dylan don't eat meat.	☐
	C	Amber is the only vegetarian.	☐

19. Amber stopped eating meat be-cause ...	A	she thought eating vegetables was healthier.	☐
	B	her uncle had a vegetable farm and told her not to eat meat.	☐
	C	it felt wrong to her to play with the animals and then eat them.	☐

20. Amber's parents ...	A	were shocked that Amber wanted to be a vegetarian.	☐
	B	found her decision easy to live with.	☐
	C	had been vegetarians before.	☐

21. Connor thinks that ...	A	you should always eat salad and potatoes with your meat.	☐
	B	it's not healthy to be a vegetarian, especially as a child.	☐
	C	eating no meat at all would make him go crazy.	☐

22. Dylan ...	A	agrees with Connor that mass animal farming is necessary and natural.	☐
	B	thinks like Amber about keeping animals.	☐
	C	isn't interested in how animals are treated.	☐

23. From a documentary Dylan has learned that ...	**A**	turkeys are usually farmed very unnaturally to be fattened as quickly as possible.	☐
	B	eating turkey is unhealthy.	☐
	C	turkeys in the wild don't live for very long.	☐

24. According to Amber, giving up meat ...	**A**	can help fight climate change.	☐
	B	could reduce cases of heart disease by 50 %.	☐
	C	will lead to tastier vegetarian food options.	☐

25. Dylan thinks that ...	**A**	people should give up meat completely.	☐
	B	people shouldn't buy mass-produced meat.	☐
	C	it isn't necessary to kill animals.	☐

26. Connor argues that Dylan's idea is impractical because ...	**A**	people would need to make very complicated considerations.	☐
	B	people don't have enough money to pay for such a diet.	☐
	C	you can't expect older people like his mum to change the way they eat.	☐

LÖSUNGSHILFEN

a) Vor dem Hören:

Schritt 1: Die Überschrift und die Aufgabenstellung verraten dir bereits, dass es sich um das Thema „Tierrechte / fleischlose Ernährung" handeln muss. In der angekündigten Radiosendung werden drei Personen diskutieren, d. h., es werden unterschiedliche Meinungen vertreten sein.

Schritt 2: Lies die Antworten genau durch und markiere Schlüsselbegriffe in den Lösungsvorgaben, die dir später als Signalwörter während des Hörens hilfreich sein können. Aussage 19: Markiere z. B.
A – eating vegetables – healthier, B – uncle – vegetable farm – not eat meat, C – wrong to play – then eat

Schritt 3: Überlege, ob es Antwortvorgaben gibt, die du bereits im Vorfeld ausschließen kannst bzw. für sehr unwahrscheinlich hältst. Kennzeichne sie.

b) Beim Hören: Nutze nun deine markierten Schlüsselbegriffe als Signalwörter. Sie helfen dir, dich auf das Wesentliche zu konzentrieren. Denk daran: Gib bei Verständnisschwierigkeiten nicht auf! Bleibe ruhig und versuche, mit dem Hören immer wieder neu anzuknüpfen.

Teil II: Leseverstehen/Schreiben

Reading Part 1: Out and About – Notices and Signs

TASKS

- Read the text of each sign.
- Read the four statements next to it and decide which statement matches the sign.
- Tick the right statement. Only one of them is correct.

1.

SAY "NO" TO CRIME IN OUR COMMUNITY!

Lock your car at all times.
Don't leave your handbag, your money, your mobile or other valuables in a parked car.
Report any suspicious activities and emergencies to your local police department under 0701011.

A	You can't park your car here.	☐
B	Next to the police department you don't need to lock your car.	☐
C	You should take things that are worth a lot with you.	☒
D	You must call 0701011 if you need more information.	☐

2.

At White Oak Hospital Park:

This hospital park is open to the public.
Please respect the park rules.
Take your litter home.
No alcoholic drinks allowed.
No skateboarding.
Park closes at dusk.

A	You can't drink beer in the park.	☒
B	You have to buy your drinks in the park.	☐
C	This park is only open to hospital patients.	☐
D	In summer the park is open 24 hours a day.	☐

3.

Dog fouling is litter!

So don't let your dog foul streets, parks or other people's gardens.
Clean up or pay up!
Minimum on-the-spot fine: £ 200

A	You are not allowed to walk your dog in this park.	☐
B	It will cost a lot of money if you don't clean up after your dog.	☒
C	This sign asks you to use the bins for your litter.	☐
D	It costs £ 200 a year to use these gardens.	☐

4.

Do not chain your bicycle here.
Cars and lorries have to pass through these gates at all times. Any bikes chained to the gates will be removed at the owner's expense.

A	You mustn't forget to lock your bicycle to the gate.	☐
B	You can't park your bike here.	☒
C	Only cars or lorries can park here.	☐
D	You can't park here today because the owner is moving.	☐

5.

Yosemite Park Sign:
Bear Warning
Proper food storage required.

Do not keep food in tents or vehicles at night. Free bear-proof storage boxes available at car park entrance.

A	This sign tells you how to feed the bears.	☐
B	You can buy proper food containers at the park reception.	☒
C	You must keep your food in special containers at night.	☐
D	There are no bears in this area.	☐

LÖSUNGSHILFEN

Lies zunächst die Aufgabe in Ruhe durch. Denk daran: Um sie erfolgreich zu lösen, musst du nicht jedes Wort verstehen!
Lies die Hinweisschilder und die dazugehörigen Antwortmöglichkeiten in Ruhe durch. Konzentriere dich auf Schlüsselwörter, die dir bei der Auswahl der richtigen Aussage helfen. Achte besonders auf Modalverben wie *must/must not*, *can/cannot*, *have to*, ... usw.
Im ersten Beispiel könnten folgende Schlüsselwörter markiert werden: "crime – community – don't leave (things) – in car – report emergencies to police". Hier geht es also um die Vermeidung von Verbrechen in der Gemeinde. Du sollst (Dinge) nicht im Auto lassen und im Notfall die Polizei informieren.
Mit dieser Vorgehensweise kannst du die falschen Aussagen sehr schnell erkennen.

Reading Part 2: British Music Festivals

TASKS

All the people below would like to go to a music festival.

- First read the information about them, then look at the different festivals on the next page.
- Find **two** possible festivals for each of the people below.
- Some festivals can be chosen more than once.
- Write the letters of the festivals in the boxes next to the right person.

No.	Festival 1	Festival 2		The people
6/7	Wireless Festival	Field Day		**a) Cameron** lives in London and loves festivals but would like to get away from the mainstream big acts of rock. He loves electronic dance stuff and chill-out music and a bit of folk and jazz. He doesn't want to travel and can't afford more than £ 60 for a ticket, so for him a festival should be in the city.
8/9	Isle of Wight Festival	Latitude Festival		**b) Rebecca** would like to have a weekend away from the big city seeing some great rock bands and enjoying the atmosphere and the music with other people. She can spend up to £ 200 on this. Unfortunately she won't have time for any festival in August because she is starting a new job then.
10/11	Wilderness Festival	Bloodstock Open Air		**c) Ben** is a festival-goer who loves all kinds of music – from metal to folk. Now that he is a bit older, music isn't everything. He doesn't want the big crowds and the fast food anymore. He'd prefer something different, with some theatre or the arts. He'd love to take his wife and his little two-year-old child for a festival weekend away in the countryside.
12/13	Finnstock	The bathtdk Festival		**d) Megan**, an American student, is spending a year in London and wants to experience a British music festival, but she hates camping in the countryside. She is into folk music and main-stream rock or pop. She likes making music, too. She'd like a festival day or weekend, preferably in London or in another city.
14/15	Bloodstock Open Air	Isle of wight Festival		**e) Liam** loves big festivals with loud music, crowds of people, many different bands, big and famous names, camping in the field – the whole experience. He is prepared to pay quite a lot of money for that. He doesn't like all those arty family festivals with films, talk, etc. For him the perfect festival has to be two or three days of music and partying!

A	**Wilderness Festival; 12–14 August; adults – £ 99 / family ticket – £ 200** This is a very different kind of festival. Far away from the usual crowds and the camping in the dirt, it offers music, food, learning, literature and theatre – all set among the beautiful lakes and parkland of Oxfordshire. Great musicians, theatre artists and celebrated restaurant chefs create this unique experience. Activities for the whole family are organised, including nature walks and boating. Little ones can make use of the children's area with babysitting and games.
B	**Field Day; tickets on sale from £ 25.00** An Indie one-day festival with a dash of electro and dubstep. It is based in Victoria Park, East London, usually organised in early August. On different stages many dance acts will get you into the groove. As well as all the amazing music, Field Day's off-the-wall Village Green area, 'Village Mentality', will supply plenty of good food and drink.
C	**Isle of Wight Festival; 11–12 June; weekend with camping – £ 165.00** Big and friendly festival that mixes famous mainstream rock bands like the Foo Fighters or U2 with newer independent artists and bands – so there's something for everyone. Friendly crowds, great atmosphere, good parties and fantastic countryside. What a weekend!
D	**Bloodstock Open Air; 11–15 August; full weekend with camping – £ 105** The best metal and heavy rock acts from across the globe, over 12,000 fans in a field – that is what you can expect at Bloodstock in August for a weekend of loud and unspoilt heavy metal! Over 100 artists including metal legends like Motörhead will perform on three stages over three days.
E	**The Bath Folk Festival; 8–14 August; workshop tickets from £ 75** The Bath Folk Festival is a seven-day event with live concerts by over 60 acts from all over the world. You can also take part in workshops or music summer schools in many different places all across the city of Bath. Listen to music or even learn to play folk music with some of the best players in the scene.
F	**Latitude Festival; 14–17 July; weekend camping – £ 177.00; day ticket £ 76.00** The best one when it comes to combining music, art, dance and poetry. A variety of musical artists including some big names and bands, a friendly atmosphere with green fields for camping and lots of things to do for typical festivalgoers and families – from all night parties to art talks and activities for the whole family or home-made food from the nearby farms. All this set in the beautiful green spaces of Henham Park, Southwold.
G	**Wireless Festival; 1–3 July; weekend £ 104.25, day tickets £ 54.25** A festival you can get to by bus – right in Hyde Park, the heart of London. So there's no muddy field and no need to sleep in a tent. Every year this festival offers amazing line-ups with the biggest names of rock and pop. This is the big one you shouldn't miss!
H	**Finnstock (Tickets available now at just £ 7.50 from Tamesis Dock)** Festivals these days are all too expensive, over-hyped and miles away. But this one is different. Finnstock is back in London in August. Right in the middle of the Thames. No great names of mainstream music, but all the best new London bands will be there. Finnstock has everything any festivalgoer needs.

Hinweis: Die Lösungshilfen zu dieser Aufgabe findest du auf der Folgeseite.

LÖSUNGSHILFEN

Die Aufgabenstellung verrät dir bereits, dass du für jede der vorgestellten Personen zwei Festivals aus dem Angebot A bis H auswählen sollst, die seinen/ihren Interessen und Vorlieben entsprechen.
Dazu ist es unerlässlich, dass du im ersten Arbeitsschritt wichtige Informationen (= Schlüsselwörter) in der jeweiligen Personenbeschreibung markierst. Schlüsselwörter können hier z. B. das Alter, der Musikgeschmack, die Preisvorstellung oder der gewünschte Veranstaltungsort sein.
Bei Person 1 (Cameron) bieten sich beispielsweise folgende Begriffe an: *electronic, chill-out music, folk, jazz, no travel, (no more than) £ 60, in city (London)* – Auf diese Weise kannst du bereits gezielt nach preiswerten Festivals in London suchen. Die Auswahl beschränkt sich so schnell auf B,G und H. Der Musikgeschmack grenzt anschließend die Auswahl (B und H) weiter ein.

*Reading Part 3: The Flash Mob Phenomenon?

TASKS

- Read the text and the statements on the opposite page.
- Put a tick in the box next to the correct statement.
- For each task only one statement is correct.

The phenomenon of the flash mob – masses of people who meet suddenly and only for a short moment in a public place for an unusual or strange perfomance – began in 2003 and quickly spread to cities all across the world. Flash mobs are organised through the internet / social media like Facebook, Twitter or viral emails. There have been many examples of popular flash mobs in recent years.
A well known one was the April 2006 Silent Disco in London. At various London underground stations, people gathered with their MP3 players and started dancing to their music at the same set time. It was reported that more than 4,000 people were dancing silently at London Victoria station alone.
Worldwide Pillow Fight Day followed in March 2008. Over 25 cities around the globe took part in the first "international flash mob", which was the world's largest flash mob to date. According to *The Wall Street Journal,* more than 5,000 people participated and threw pillows at one another in New York City. The event was organised via social networking sites, private blogs as well as by word of mouth, text messaging and email. Participating cities included Atlanta, Budapest, Chicago, Copenhagen, Melbourne, New York, Paris, Shanghai, Zurich and many more.
Then there was 29 August 2009, when around 13,000 people met in Mexico City to celebrate Michael Jackson's 51st birthday by dancing to his song "Thriller".
Although these spontaneous public meetings are usually organised as peaceful events, some of them are becoming troublesome. In a number of cities, flash mobs have led to vandalism.
Pizza shop owner Joey Rocco from Philadelphia has seen an out-of-control flash mob first-hand. His pizza place is on South Street, in the heart of the city. It is a popular hangout for both kids and tourists. It was some weeks ago, and Rocco's pizza shop was filling up with customers. "We had the windows

open; it was a beautiful night," he says. "People were sitting in the window areas, and I just happened to look out and said, 'Wow, the street is really crowded.'" Some say the crowd of youths was in the hundreds. Others say thousands. Rocco says the kids began to jump up and down, and then total chaos broke out. Some of the teens started beating each other up, while others began banging on the windows of his shop. "They were trying to climb into the windows and over the people who were dining, so we pushed them out and we locked the front doors", he says. "Whatever they had in mind, to me, it was like a home invasion."

In recent months Chicago police have also had many problems with what they call "mob thefts". Large groups of teenagers repeatedly attacked stores on Chicago's North Michigan Avenue – a busy shopping area. Usually between five and as many as thirty 13- to 18-year-olds meet in front of a shop. They flood inside, one of them gives a signal and then they all grab expensive goods, designer wear or other things and disappear before the police arrive. Police believe these shoplifting attacks are coordinated through text messages. Now they have special officers monitoring social networking sites and others are regularly patroling the shopping district. This strategy is beginning to show results: the number of mob thefts in the area seems to be going down.

There are also cases of unintended flash mobs. It happened to a German teenage girl only recently. She put an invitation for her Sweet Sixteen Party on Facebook and forgot to mark it as private. Despite public announcements that the party was cancelled, over 1,500 guests made their way to her Hamburg home, where local police tried to keep the crowd under control, while the birthday girl had to hide somewhere else.

TASKS

16. Flash mobs ...	**A**	started as a phenomenon in 2003.	☒
	B	were only popular for a short period of time.	☐
	C	are usually arranged with the help of the internet.	☐
	D	both A + C	☐

17. Silent Disco was an organised flash mob ...	**A**	at a dance club that opened in 2006 underneath London Victoria underground station.	☒
	B	that saw people dancing to music which only they could hear on their MP3 players.	☐
	C	that happened at only one London tube station.	☐
	D	that saw 4,000 people dancing all over London.	☐

18. Worldwide Pillow Fight Day ...	**A**	took place in America, Australia and Europe in 2008.	☐
	B	was the first known international flash mob.	☒
	C	was organised by Wall Street Journal.	☐
	D	both A + B	☐

19. On Worldwide Pillow Fight Day ...	**A**	more people took part in a global flash mob than ever before.	☒
	B	thousands of people from over 25 cities came to New York to take part in a flash mob.	☐
	C	up to 5,000 people all over the world were throwing pillows at each other.	☐
	D	both B + C	☐

20. On 29 August 2009 ...	**A**	Michael Jackson celebrated his 51st birthday in Mexico City.	☐
	B	13,000 people all over the world were dancing to “Thriller” at the same time.	☐
	C	many thousands of people were dancing to “Thriller” in Mexico City.	☒
	D	both A + B	☐

21. Joey Rocco’s pizza place ...	**A**	is outside the city center, in the south of Philadelphia.	☒
	B	doesn’t normally attract a lot of tourists.	☐
	C	was quite busy on the evening of the incident.	☐
	D	doesn’t allow customers to sit by the windows.	☐

22. Joey Rocco ...	**A**	witnessed a flash mob that went violent.	☐
	B	organised a flashmob to make his pizza shop famous.	☐
	C	had over a thousand people in his pizza shop.	☒
	D	had to close his pizza shop down after a flash mob.	☐

23. Chicago ...	**A**	has special shops for 13- to 18-year-olds on North Michigan Avenue.	☐
	B	has had problems with groups of teenagers who started robbing shops.	☒
	C	is the city where teenage groups attacked the local police department.	☐
	D	has a law that doesn’t allow more than five teenagers at the same time into one shop.	☐

24. Chicago police …	**A**	have policemen walking around in the shopping district.	☐
	B	have officers checking social media for signs of flash mob activities.	☒
	C	have managed to stop all mob thefts.	☐
	D	both A + B	☐

25. In Hamburg …	**A**	a teenage girl planned her own flash mob birthday party.	☐
	B	over 1,500 guests turned up for a birthday party they had read about on Facebook.	☐
	C	some local policemen were invited to a party.	☐
	D	a birthday girl was very suprised when she opened her door to 1,500 guests.	☒

LÖSUNGSHILFEN

a) Vor dem Lesen:
Bereits die Überschrift verrät dir, dass es in diesem Text um Flashmobs geht, von denen du sicher schon gehört hast. Was weißt du bereits darüber? Worum könnte es gehen?
Mit dieser Erwartungshaltung solltest du alle Ankreuzmöglichkeiten gründlich durchlesen. Gibt es Lösungsvorschläge, die dir unwahrscheinlich erscheinen bzw. die du bereits im Vorfeld ausschließen kannst? Kennzeichne sie.
Markiere außerdem Schlüsselwörter der Lösungsvorgaben (z. B. „Silent Disco“ oder „Chicago“).

b) Beim Lesen:
Auch dieser Lesetext ist in verschiedene Abschnitte gegliedert. In der Regel widmet sich jeder Abschnitt einem Aspekt des Themas. Deine markierten Schlüsselwörter (z. B. „Silent Disco“ oder „Chicago“) finden sich in einzelnen (aufeinander folgenden) Abschnitten wieder. Lies also gezielt Abschnitt für Abschnitt.
Achtung: Bei einigen Aufgaben sind zwei Lösungsvorgaben richtig. Lies deshalb immer gründlich und versuche dich zu konzentrieren.

Writing Part 1: Your Photo

TASKS

You have posted this photo online. Your friend Paul wants to find out more about it.

- React to the comment and answer his questions.
- Write 40–50 words.

Wow! Who's in the picture?
Where was it taken?
What's happening and
how did it feel?

In the picture i can see a windsurfer and
the picture was taken on the Ocean

/ 5 P.

LÖSUNGSHILFEN

Hier wirst du aufgefordert, anhand von Fragen einen zusammenhängenden Text bzw. Kommentar zu einem Foto zu formulieren. Vielleicht werden dir in der Prüfung mehrere Fotos zur Auswahl angeboten. Dann solltest du dich natürlich für das Bild entscheiden, zu dem dir inhaltlich und sprachlich am meisten einfällt. Du sollst dir vorstellen, du selbst hättest das Bild in sozialen Netzwerken gepostet. Du kannst also deine Fantasie nutzen und persönliche Ideen einbringen. Mache dir zu jeder Frage zunächst Notizen auf einem Extrablatt und formuliere sie anschließend aus.

TIPP (zu Writing Part 1)

Nutze bekannte Redemittel zur Bildbeschreibung (s. S. 97–98) und beachte die in den Fragen verwendeten Zeitformen und Wörter. Du kannst sie auch in deinen Antworten nutzen.

Writing Part 2: Getting Fit

TASKS

You have found this message posted on the internet.

- Write a letter to Sonny and answer his questions.
- Write between 100–160 words.
- Do not use internet slang.

Help!
The summer is almost here and I'm feeling really bad. I've spent the last three months sitting at home and preparing for my exams and now I'm feeling fat and unfit! My friends and family think I look normal but ... I can't even run for the bus without getting out of breath! So what can I do to feel better? Should I go on a diet? Perhaps I should try some of these magic fat-burning pills. Do you think that might work? Should I do some regular exercise? What do you do to keep fit? I'm looking forward to reading your advice. Thanks, Sonny

Hi Sonny,

Inhalt: / 5 P.	Sprache: / 5 P.	Gesamt: / 10 P.

INFO Punktverteilung Writing

Es kann sein, dass in deiner Prüfung die Punkte für *Writing* anders verteilt werden. Insgesamt wird es aber weiterhin 25 Punkte geben.

LÖSUNGSHILFEN

Diese Aufgabe erfordert einen längeren, zusammenhängenden Antworttext.
Die folgende Schrittfolge soll dir dein Vorgehen erleichtern:

1. Lies die Aufgabenstellung und markiere, **was** (einen Antworttext) du **wem** (Sonny) in **welchem Umfang** (100–160 Wörter) schreiben sollst.
2. Lies nun Sonnys Text durch. Unterstreiche seine Fragen an dich.
3. Fertige auf einem separaten Blatt eine Ideensammlung zu den fünf Fragen an. Wenn du mindestens zwei bis drei Ideen zur Beantwortung jeder Frage notiert hast, schreibe deine Antwort.
4. Achte auf den Textaufbau (siehe S. 17): Kennzeichne Einleitung, Hauptteil, Abschluss und Grußformel durch Absätze.
5. Lies dir nach Fertigstellung abschließend deine Antwort noch einmal in Ruhe durch. Vielleicht findest du so noch den einen oder anderen Schreibfehler.

★ Writing Part 3: Mediation – Options after School

TASKS

You've received this message from an English-speaking friend:

Hi everybody. I'm in my last year at school and have no clue what to do after my exams.
I'd love to do something different and see more of the world. Any ideas welcome. Thanks, Phil.

- Read the two reports you have found online.
- Choose **one** report.
- Write an email to Phil and tell him about it.
- Say what the person you chose did and mention at least four aspects of their experience.
- Do not translate word for word.
- Write complete sentences.

Josephine, Freiwilligendienst in Peru

Mir war am Ende der zehnten Klasse schnell klar, dass ich nach der Schule nicht sofort an die nächste Schule bzw. die Uni wollte. Ich wollte etwas ganz anderes erleben, eine andere Kultur, ein anderes Land. Da ich Spanisch lerne, wollte ich meine Sprachkenntnisse auch gern dort nutzen und verbessern.
Im Internet fand ich ein dreimonatiges Projekt in Cusco, Peru. Nachdem ich Bilder sah und Berichte von anderen Freiwilligen gelesen hatte, war meine Entscheidung gefallen. Jetzt bin ich seit einem Monat hier und sammle täglich fantastische Erfahrungen. Meine Gastfamilie hat mich sehr freundlich aufgenommen. Ich habe ein kleines, gemütliches Zimmer nicht weit von meinem Projektarbeitsplatz.

Das ist ein Kindergarten. Dort arbeite ich von ca. 9–13 Uhr an vier Tagen in der Woche. Ich helfe der Erzieherin, die dort für 16–20 Kinder verantwortlich ist. Meine Aufgaben sind es, mit den Kindern zu spielen, ihnen etwas vorzulesen – auf Spanisch und manchmal sogar auf Englisch –, mit ihnen Bilder zu malen und zu basteln. Gerade bereiten wir ein Fest für Eltern und andere Familienmitglieder vor. Das ist sehr kreativ. An meinen freien Tagen reise ich durchs Land und lerne Menschen und Kultur kennen: Ich war sogar schon am Titicacasee in 4.000 m Höhe. Unglaublich! Außerdem mache ich noch einen Spanischkurs und einen Kochkurs. Die peruanische Küche ist fantastisch und ich hoffe, ich kann meine Familie zu Hause damit begeistern. Heimweh ist für mich kein großes Problem. Die drei Monate gehen viel zu schnell vorbei und zum Glück gibt es das Internet.

Ich bin jeden Tag froh über meine Entscheidung für den Freiwilligendienst und werde jetzt schon traurig, wenn ich an mein Abflugdatum denke. Die Erfahrungen hier werden mich auf jeden Fall auf meinem weiteren Lebensweg begleiten.

Felipe, Au-pair aus Spanien

Ich bin 18 und vor drei Monaten aus Spanien nach Deutschland gekommen. Ich wohne bei meiner Gastfamilie in Tempelhof, in Berlin.

Irgendwie kam meine Entscheidung, Au-pair zu werden, ganz plötzlich. Ich war mit der Schule fertig und hatte noch keine Ausbildung.
Außerdem wollte ich mehr von der Welt sehen und hatte in der Schule Deutsch gelernt. Also dachte ich – warum nicht Deutschland? Meine Freunde waren überrascht – Au-pair – das ist doch Mädchensache ... Aber warum? Ich habe vier kleine Geschwister zu Hause – dann lernt man schon mit Kindern umzugehen.

Am Anfang war da schon ein bisschen Kulturschock – mein Deutsch war längst nicht so gut, wie ich dachte. Aber wir haben uns zu Hause irgendwie mit Händen und Füßen verständigt. Meine Gastmutter kann zum Glück auch etwas Spanisch. Natürlich habe ich gleich einen Deutschkurs begonnen und jeden Abend drei Stunden gelernt. Das hat geholfen. Mit meinen Gastkindern komme ich sehr gut klar – zwei Jungen im Alter von 5 und 8. Da ist vielleicht auch ein männlicher Au-pair ganz gut. Wir spielen zusammen, ich hole sie von der Kita oder Schule ab, wir machen Hausaufgaben und ich helfe im Haus beim Aufräumen und Einkaufen. Eigentlich genauso wie in meiner Familie in Spanien. Außerdem habe ich Zeit, Berlin und Deutschland kennen zu lernen. An freien Abenden gehe ich gern ins Theater oder treffe mich mit meinen neuen deutschen Freunden. Letzte Woche waren wir in Dresden, haben die Stadt besichtigt und in zwei Wochen nimmt mich meine Gastfamilie mit an die Ostsee. Nur jetzt im Herbst vermisse ich das Wetter in Spanien.

Ich würde die Au-pair-Tätigkeit definitiv empfehlen – auch für Jungen. Man lernt viel über andere Kulturen und sich selbst, wird unabhängiger, ist aber trotzdem Teil einer Familie.

Inhalt: / 5 P.	Sprache: / 5 P.	**Gesamt: / 10 P.**

LÖSUNGSHILFEN

Bei der Lösung dieser Mediationsaufgabe helfen dir die folgenden Schritte:

1. Lies die Aufgabenstellung genau durch und markiere dir:
   Zu welchem Zweck **(warum?)** sollst du Informationen in die englische Sprache übertragen? (Hier ist es das Ziel, eine E-Mail zu verfassen, in der du dem Schüler Phil ein Auslandsprojekt beschreibst, an dem er nach Beendigung der Schule teilnehmen kann.)
   Was soll beschrieben werden? (Du sollst beschreiben, was die von dir ausgewählte Person im Ausland tat sowie mindestens vier Aspekte bzw. Erfahrungen benennen, die für die Person damit verbunden waren.)
2. Du sollst also aus zwei Berichten einen auswählen, von dem du ihm erzählst.
   Lies nun mit dieser Fragestellung beide Texte in Ruhe durch.
3. Deine Auswahl sollte die sprachlichen Anforderungen der beiden Texte berücksichtigen.
   Prüfe, welchen Text du recht gut ins Englische übertragen könntest.
   Wo schätzt du deine Kenntnisse in Bezug auf die erforderlichen sprachlichen Mittel besser ein?
   Gibt es einen Text, bei dem du auf den ersten Blick erkennst, dass du viele der wichtigen Hauptwörter (Nomen, Verben, Adjektive) nicht übersetzen könntest? Dann entscheide dich gegen ihn.
4. Markiere nun in dem ausgewählten Text **wichtige** Informationen.
   Die fünf W-Fragen können dir dabei helfen: **Wer**, **Wo**, **Wann**, **Was**, **Wie**?
5. Nimm einen Schmierzettel und übertrage diese Informationen, die du zu den W-Fragen ermittelt hast, ins Englische. Nutze die Arbeitstechniken auf S. 18, um unbekannte Wörter zu umschreiben. Denk daran, dass du nicht jede Information wortwörtlich übersetzen musst!
6. Schreibe nun deinen Antwortbrief. Schreibe **vollständige** englische Sätze.

A3 Angeleiteter Test 2

Teil I: Hörverstehen

Listening Part 1: Voicemail Messages

Track 5

TASKS

You are going to hear three voicemail messages.
There is one question each for the first two messages and two questions for the third message.

- Look at the pictures and listen to the recording.
- Choose the correct picture and put a tick in the right box.
- You can listen to the recording twice.

Voicemail Message 1

1. Which picture is the speaker reacting to?

A ☐

B ☐

C ☐

D ☐

____

____

____

____

Voicemail Message 2

3. Which picture is the speaker reacting to?

A ☐

B ☐

C ☐

D ☐

____

____

____

____

Voicemail Message 3

3. Which picture is the speaker sending?

A ☐

B ☐

C ☐

D ☐

4. What time are they meeting?

A ☐

B ☐

C ☐

D ☐

LÖSUNGSHILFEN

In dieser Aufgabe geht es darum, Nachrichten auf Anrufbeantwortern im Detail zu verstehen. Die folgende Schrittfolge wird dir helfen, diese Aufgabe zum Hörverstehen erfolgreich zu lösen:

1. Lies die Aufgabenstellung und die Fragen zunächst in Ruhe durch. Schau dir die Bilder gut an.
2. Beschrifte die Bilder auf den Schreiblinien mit Schlüsselwörtern, auf die du im Hörtext achten solltest. Schreib z. B. die Uhrzeiten an die Uhren und sprich sie dir leise vor. So fällt es dir leichter, alles zu verstehen.
3. Generell gilt: Keine Panik, wenn du beim ersten Hören nicht jedes Detail verstehst! Beim zweiten Durchgang wirst du die fehlenden Informationen ganz sicher ergänzen können.

Listening Part 2: Radio Spots

Track 6

TASKS

You are going to hear four radio spots.

- Read the six slogans below first.
- Choose the right slogan for each spot from the list and put a tick under the right letter (A–F) in the grid.
- There is only one slogan for each spot. Two slogans cannot be matched.
- You will hear the recording twice.

A) Adopt a runaway kid and help them to a new life.

B) Adopt your favourite animal and support your local zoo.

C) Don't let social media spoil your life.

D) Show up and enjoy your local art and music scene.

E) Use your local market and support your community.

F) Watch out for the missing and help to unite families again.

		Slogan					
Number	**Radio Spot**	**A**	**B**	**C**	**D**	**E**	**F**
5	Radio Spot 1						
6	Radio Spot 2						
7	Radio Spot 3						
8*	Radio Spot 4						

LÖSUNGSHILFEN

Hier sollen die Hauptaussagen von vier Radiospots verstanden werden. Die folgenden Tipps helfen dir, dich auf Wesentliches zu konzentrieren:
Lies die Aufgabenstellung und die Slogans genau durch. Markiere Schlüsselwörter (Nomen und Verben), die dir später beim Hören als Signalwörter dienen und die dir das Textverständnis erleichtern können. Achte beim Hören auch darauf, an wen sich der Spot richtet, d. h., wer tatsächlich angesprochen wird.

Listening Part 3: A Great Barrier Reef Day Cruise

Track 7

TASKS

- You are going to hear part of a guided tour of the Great Barrier Reef.
- Complete the table below using keywords.
- You can listen to the recording twice.

facts about the size of the reef (2):	one activity on the tour:
9. __________	**14.** __________
10. __________	__________

sea life around the reef (2 examples):	what you learn about corals:
11. __________	**15.** __________
12. __________	__________

number of visitors every year:	rule for divers at the reef:
13. __________	**16.** __________

LÖSUNGSHILFEN

Bei dieser Aufgabe solltest du vor dem Hören unbedingt die Überschrift und die in der Tabelle vorgegebenen Aspekte durchlesen, um zu erfassen, worauf du genau achten sollst. Es geht um das Great Barrier Reef in Australien. Weißt du bereits etwas darüber? Welche Meeresbewohner wird es dort vermutlich geben? Was, glaubst du, dürfen Taucher dort nicht tun? Überlege, welche englischen Wörter und Begriffe du in diesem Zusammenhang erwartest.
Beim ersten Hören bewahre Ruhe. Du musst auch hier nicht alles sofort verstehen. Markiere nach dem ersten Hören die Kästchen, auf die du beim zweiten Durchgang noch einmal genauer achten musst. Es kann sein, dass du mehrere Antwortmöglichkeiten heraushörst und gar nicht alle benötigst. Dann entscheide dich für die Antwort, die dir am sichersten erscheint.

*Listening Part 4: Teenage Ganglands

Track 8

TASKS

You are going to hear part of a radio talk about teenage gangs.
There are four people talking: a presenter, Edna, Matt and Pauline.

- Read the statements below and listen to the recording.
- Put a tick in the box next to the correct statement.
- In each task only one statement is correct.
- You can listen to the recording twice.

17. One of the studio guests on the show ...	**A**	is a thirteen-year-old teenager from Hackney.	☐
	B	works in a prison for criminal teenagers.	☐
	C	has written a book about teenage gangs.	☐

18. There are reports of ...	**A**	over 150 violent knife attacks in different London areas last year.	☐
	B	growing problems with teenage knife attacks and active youth gangs.	☐
	C	over 150 gangs operating in different London areas.	☐

19. Pauline joined the gang ...	**A**	because her mother had left the family.	☐
	B	when she was 13 years old.	☐
	C	because her boyfriend got her into it.	☐

20. Edna worries about her son Jamie ...	**A**	because he goes out and doesn't tell her what he's doing.	☐
	B	because she lost her older son in a gang fight when he was 13.	☐
	C	because he has been in many fights at school.	☐

21. Matt thinks that ...	**A**	Jamie's behaviour is quite normal and not that worrying.	☐
	B	teenagers who don't talk much to their parents are at risk of becoming a gang member.	☐
	C	it's normal for teenagers to change their style and all their friends quite often and quite suddenly.	☐

22. Edna says that ...	**A**	she and Jamie often argue or fight at home.	☐
	B	Jamie suddenly had a lot of money.	☐
	C	she hasn't seen Jamie with a new phone or other gadget recently.	☐

23. Pauline's gang ...	**A**	made her feel like she was part of a big family.	☐
	B	stole a few little things but never acted violently.	☐
	C	specialised in stealing mobile phones.	☐

24. Pauline thinks that Edna ...	**A**	should buy Jamie a new mobile phone so that she can always contact him.	☐
	B	should check on Jamie more often and watch all his actions closely.	☐
	C	shouldn't worry too much about her son and should give him some freedom.	☐

25. Pauline ...	**A**	was lucky that she was still at school and didn't have to go to prison.	☐
	B	has been in prison and is now working with young peop-le and children.	☐
	C	is still a gang member but is trying to get out with com-munity help.	☐

LÖSUNGSHILFEN

Die Überschrift und die Aufgabenstellung verraten dir bereits, dass es im folgenden Hörtext um eine Radiodiskussion zum Thema „Jugendbanden/Jugendgangs" gehen wird. Stelle dich gedanklich auf dieses Thema ein und lies nun die Lösungsvorgaben genau durch. Nur eine der Aussagen stimmt jeweils.
Auch hier hilft es, Schlüsselwörter (Nomen, Verben, Ziffern/Zahlen) farbig hervorzuheben. Im ersten Beispiel wird es dir so leichter fallen herauszuhören, ob der Sprecher über 150 Messerattacken oder doch eher über 150 Jugendgangs berichtet. Versuche dich beim ersten Hören an die unterschiedlichen Stimmen der Sprechenden zu gewöhnen, damit es dir leichter fällt, sie zu erkennen und ihnen die Aussagen zuzuordnen.

Teil II: Leseverstehen/Schreiben

Reading Part 1: Travelling Around – Signs and Notices

TASKS

- Read the text of each sign.
- Read the four statements next to it and decide which statement matches the sign.
- Tick the right statement. Only one of them is correct.

1. London Underground Safety Notice

> **Please**
> **stand on the right of the escalators,**
> **hold the handrail and**
> **keep clear of the edges.**
> **Take care of children.**
> **Dogs must be carried.**

A	This sign warns you about dangerous dogs.	☐
B	This sign tells you how to use the escalator safely.	☐
C	This sign warns that children shouldn't use the escalator.	☐
D	You can't take dogs on the escalator.	☐

2. London Underground

> Bicycles are not permitted
> on the London Underground
> between 07.30 and 09.30 and between
> 16.00 and 19.00 on weekdays and cannot
> be taken on the moving escalators.
> At all other times you can take bicycles on the designated sections of the trains.

A	This sign tells you where to park your bicycle.	☐
B	Bicycles are generally not allowed on the London underground.	☐
C	The escalators don't work weekday mornings and afternoons.	☐
D	On Sundays you can take your bike on an underground train all day.	☐

3. At a Greater London train station

> **Have you paid?**
> **If you cannot produce a valid ticket when asked by a ticket inspector, you will be charged a penalty fare of £ 20 or double the amount of a single ticket. So do not forget to buy a ticket before you travel.**

A	You should buy a ticket before you get on the train.	☐
B	You can buy your ticket on the train.	☐
C	You can only buy single tickets over £ 20 on the train.	☐
D	There are no ticket inspectors on the trains.	☐

4. At the airport

Can your hand luggage travel with you?
Then it should

- be light enough for you to carry and lift without help.
- not contain any sharp, dangerous or explosive items, e.g. knives, gas lighters, scissors etc.,
- not contain any liquids over the permitted 100 ml amount.

A	You shouldn't lift heavy hand luggage without help.	☐
B	You can't carry knives or scissors in your hand luggage.	☐
C	Your hand luggage shouldn't weigh more than 500g.	☐
D	You can carry as much liquid as you like with you, but only in your hand luggage.	☐

5. In a hotel room

We will provide you

with fresh towels every day. But remember, washing and drying towels uses a lot of energy. So help to save energy by using your towels again. If you want your towels replaced, place the used ones on the floor.

A	If you reuse your towels, you can help the environment.	☐
B	You can't have fresh towels every day.	☐
C	These towels are not good for drying.	☐
D	You can use these towels for drying the floor.	☐

LÖSUNGSHILFEN

Diese Art der Zuordnungsaufgabe ist dir bereits bekannt. Du weißt, dass es hier darauf ankommt, die korrekte Aussage des Hinweisschildes aus einem Angebot von vier Vorgaben auszuwählen.
Der Teufel steckt hier wieder im Detail. Achte deshalb auf die folgende Schrittfolge:

1. Lies das Schild genau durch.
2. Markiere in den Lösungsvorgaben Schlüsselwörter
   Bsp. 1)
   A: warn – dangerous dogs
   B: how – use escalator
   C: children – not – use escalator
   D: not take – dogs – on escalator
3. Finde und markiere ähnliche Formulierungen im Schild / der Bekanntmachung und den Aussagen daneben:
   Bsp. 5): save energy by using towels again = reuse your towels , help the environment

Bei dieser Vorgehensweise erkennst du sehr schnell, welche Aussage die richtige ist.

Reading Part 2: The Perfect Job

TASKS

All the people below would like to work.

- First read the information about them, then look at the different jobs on the next page.
- Find **two** possible jobs for each of the people below.
- You can choose some jobs more than once.
- Write the letters of the jobs in the boxes next to the right person.

No.	Job 1	Job 2		The people
6/7				**Lauren** has just had a child. She wants to start work again but would prefer evening work so she can look after the child during the day. Lauren would be happy with part-time work. She used to be a bus driver, so a driving job would be great. She has good social skills and is also happy wor-king with people.
8/9				**Martin** wants to find paid work for which he doesn't have to sit in one place all day. He doesn't mind irregular working hours, but it shouldn't be a tiring outdoor job. Martin has a driving licence and speaks French fluently. He enjoys contact with people but doesn't want to work with teenagers or kids.
10/11				**Kylie** is training to be a teacher and would like to get some more experience before she starts the final year of her course. She loves working with children and young people and is quite flexible with her working times. Pay is less important to her than finding the right kind of work.
12/13				**Kevin** doesn't mind what job he does as long as it is full-time and pays well. He is planning to go to Australia after the summer, so he needs money for this. He also wants enough money to do his driving licence before. He has no problem getting his hands dirty doing physical work.
14/15				**Alice** is a French student living in London. She'd like to work at weekends or during her summer holidays. Pay is important because London is expensive. Alice wants to work with other peo-ple. She would do all kinds of things – teaching, office work or hard, physical work. However, she doesn't drive and she doesn't feel confident with teenagers and young adults.

	**A) Farm help needed** Who wants to spend a summer month on a Kent farm and earn good money? If you are not afraid of hard work – from feeding animals to working the fields – come and work for us! We offer good pay, food and farm accommodation. We are also known for our lively and friendly working atmosphere as we always have ten or more farm helpers from different places.
	**B) Summer Camp** Summer camp for young people (aged 12 to 16) with difficult social backgrounds is looking for volunteers. Make a difference – work with young people, organise activities like boating or games and have fun. This could be a unique experience for anybody who loves working with people and a great addition to your CV. The pay is basic, but we also offer free food and accommodation in the camp.
	**C) Help!** My husband and I have just found out that we have to move to France in September. So we need help – help with packing all our stuff here and help with getting organised in France. Can you teach us a bit of French? Can you help us understand and write letters in French? And are you organised enough to help us with the packing? If you could spare one or two days a week or a weekend instead, that'd be great. Some help with driving to France is also needed. Good pay is guaranteed.
	**D) Food delivery** We are looking for flexible, reliable people to deliver sandwiches to our late-night stores in the evenings and at some weekends. A valid driving licence is necessary. No heavy lifting is involved. Good pay.
	**E) Restaurant Manager** Evening help needed. "The Alternative Restaurant" is a project run by teenagers and young adults who have been in trouble with the police. We are looking for someone with good people skills who can help organise these young workers in the restaurant. No cooking skills needed. Three to four evenings a week. Fair pay.
	**F) Looking for hard-working cleaners** Cleaning company looking for help during the summer in large office building. This is hard, physical work. You will often work on your own, so you must be a self-motivator. Good pay and lots of extra hours of work available for the right person.
	**G) Office help needed** A travel company which specialises in holidays to France is looking for someone to help us in our office. The successful applicant will have good French and English skills. We are a friendly team and offer good pay. This is a summer job only.

LÖSUNGSHILFEN

In dieser Zuordnungsaufgabe geht es darum, für fünf Menschen jeweils zwei passende Jobs auszuwählen. Um diese Aufgabe zügig und erfolgreich zu lösen, solltest du zunächst die Beschreibungen der einzelnen Personen (S. 48) durchlesen und Schlüsselwörter farbig markieren. Als Schlüsselwörter gelten hier Informationen, die für die Wahl eines Jobs wesentlich sind, z. B. gewünschte Arbeitszeiten, Interessen und Gehaltsvorstellungen. Bei Lauren, der ersten Person, könnten das folgende Informationen sein: „evening work", „part-time", „driving", „good social skills", „with people". Nun suche entsprechende Informationen in den Jobangeboten. Wo findest du die meisten Übereinstimmungen? Denke daran, dass vielleicht auch nicht alle Fähigkeiten der Jobsuchenden zum Einsatz kommen müssen. Wichtig ist, dass du eventuelle Ausschlusskriterien überprüfst.

*Reading Part 3: Is Facebook Killing the School Reunion?

TASKS

- Read the text and the statements on the opposite page.
- Put a tick in the box next to the correct statement.
- For each task only one statement is correct.

How many kids? How successful? What's my old flame doing now? Who's got famous? Who made a million? What happened to the strange boy with the pink hair?

These used to be everybody's thoughts before a long-awaited high school or college reunion. For many decades the routine has stayed the same: former classmates meet up after 10 or 20 years, catch up on their lives, settle old disagreements or renew them and exchange stories of the good old days.

Surely you have seen one of those movie scenes where ex-high school princess, who has hit hard times, meets cool, successful guy with supermodel girlfriend at reunion and finds out that he was the boring loser she made fun of way back. Think of the scenes where people pretend to be cooler, richer, more successful than they really are ...

Now anybody will find lying difficult. Thanks to social networks, everyone already knows. So the option to find former classmates through Facebook, Twitter, LinkedIn and other networking sites might be the end of the organised school reunion. Facebook was created for college students to get in touch with each other. It has helped people stay connected online so well that it might be stopping people from going to real-world class reunions.

Tim Cosslett graduated from Seattle's Lincoln High School in 2011. He says he isn't planning to go to this year's reunion. "I already know what everyone is up to," he says. "If I wanted to know more, I could find out the usual way, like Facebook or Instagram updates."

Apparently, he's not the only one. With almost two thirds of the US population being Facebook users, people don't need to see each other to keep in touch. "Twenty years ago, you would've seen about 300 people at a 10-year reunion", says Michelle Carayos, president of New York's Stuyvesant High School alumni association. "Nowadays you get an attendance for 10-years that may be as low as 100 people, or even just 50, if it's a smaller high school."

This declining trend is also acknowledged by Simon Peake, chief executive of reYOUnite, one of the largest US reunion planning companies. People are staying in touch through networking sites, forcing Peake to change his marketing slogan to "Unplug and connect".

"For a lot of people, Facebook and the like appear to be enough, and they're often reluctant to leave their homes and screens. So we're sort of on a mission to show people what it means to really connect on a personal, face-to-face level," Peake says.

As reunion planners are keen to point out, Facebook connections tend to remain superficial and often amount to little more than online stalking. Real bonds, they say, can only be forged face to face.

TASKS

16. In the past people went to high school reunions …	**A**	to find out more about former schoolmates.	☐
	B	to talk about their former school days.	☐
	C	because they had to do this every 10 years.	☐
	D	both A + B	☐

17. Movies about high school reunions …	**A**	are not fashionable anymore.	☐
	B	often show people who lie about themselves or people who have changed completely.	☐
	C	are making these reunions more popular.	☐
	D	both B + C	☐

18. Social networking sites …	**A**	were often created to enable students to stay connect-ed.	☐
	B	make a reunion less exciting.	☐
	C	are helping people to lie about themselves.	☐
	D	both A + B	☐

19. Tim Cosslett …	**A**	is planning to organise a reunion 10 years after he left college.	☐
	B	isn't going to his reunion because it is too early and he'd like to wait at least ten years.	☐
	C	knows enough about his former classmates from the internet and isn't planning to meet them.	☐
	D	isn't happy about all the Facebook and Twitter updates.	☐

20. In the USA …	**A**	over 50 % of the population are on Facebook.	☐
	B	many people don't want to stay in touch after they've left college.	☐
	C	approximately two in three people are Facebook users.	☐
	D	the number of people who go to high school is falling dramatically.	☐

21. Michelle Carayos ...	**A**	went to a 10-year reunion with 300 people.	☐
	B	says that high-school reunions with less than 100 people are no longer uncommon.	☐
	C	was happy that her 10-year reunion had 250 people.	☐
	D	both A + B	☐

22. Simon Peake ...	**A**	works for a company that organises reunions.	☐
	B	is planning to go to a high school reunion next year.	☐
	C	works for a company that is trying to make Facebook even more popular.	☐
	D	used to be a Facebook user but has deleted his profile now.	☐

23. The number of people attending reunions ...	**A**	has started to grow again slowly since last year.	☐
	B	is falling all over the USA.	☐
	C	is only going down in the big cities.	☐
	D	has risen with the help of social networking sites.	☐

24. Mr Peake believes ...	**A**	that Facebook has killed the reunion idea.	☐
	B	that Facebook and reunions don't exclude one another but "help" each other.	☐
	C	the people will learn that real world personal connections are better than virtual ones.	☐
	D	both B + C	☐

25. Reunion planners like Mr Peake say that ...	**A**	having online connections is never the same as meeting and talking to people in person.	☐
	B	filling in all these forms on a website is making most people angry.	☐
	C	the technology of some social websites isn't good enough.	☐
	D	both A + B	☐

LÖSUNGSHILFEN

Um die erforderlichen Textdetails zügig zu erfassen und die anschließenden Multiple-Choice-Aufgaben erfolgreich zu lösen, kann dir die folgende Schrittfolge behilflich sein:

1. Lies die **Überschrift** genau durch. Worum könnte es in dem Text gehen? Was weißt du über Facebook? Welchen negativen Einfluss könnte es möglicherweise auf Klassentreffen haben?
2. Mit diesem **Vorwissen** mache dich mit den Lösungsvorgaben vertraut. Gibt es Antwortmöglichkeiten, die du bereits ausschließen kannst bzw. für unwahrscheinlich hältst? Markiere sie. Hebe im Satzanfang jeder Lösungsvorgabe das Hauptwort/Subjekt des Aussagesatzes farbig hervor. (z. B. „people“, „movies“).
3. Diese markierten Wörter findest du in den Textabschnitten leicht wieder und im Anschluss daran auch die Informationen, die du zur Lösung der Aufgabe brauchst.
4. Hilfreich ist auch das Hervorheben wichtiger Schlüsselwörter in den Vorgaben A–D. Es erleichtert dir die schnellere Orientierung bei der Texterschließung.
5. Sei besonders aufmerksam, wenn dir in der Aufgabenstellung mehrere richtige Antwortoptionen vorgeschlagen werden (z. B. „both A + B“). Lies hier alle Antwortmöglichkeiten noch einmal und gleiche sie mit der Textpassage ab, bevor du dich entscheidest. Falls wirklich zwei Antwortmöglichkeiten korrekt sind, bekommst du den Punkt nämlich nur, wenn du diese Option auswählst, selbst wenn du dich für eine der beiden richtigen Antworten entscheidest.

Writing Part 1: Your Photo

TASKS

You have posted this photo online. Your friend Cath wants to find out more about it.

- React to the comment and answer her questions.
- Write 40–50 words.

Wow!
Did you really do this?
Where was it taken?
Were you alone?
Did you enjoy it?

/ 5 P.

LÖSUNGSHILFEN

Auch bei diesem Foto ist es wichtig, sich zuerst einmal die dargestellte Situation genau anzuschauen. Was ist hier passiert, wer war dabei? Lass deiner Fantasie freien Lauf.
Notiere wieder alle Fragen auf einem Extrablatt und schreibe dir Ideen dazu auf. Diese Notizen kannst du nutzen, um deinen zusammenhängenden Text zu verfassen.

Writing Part 2: A Class Trip to Berlin

TASKS

You have found this message posted on the internet.

- Write a message to Gavin and answer his questions.
- Write between 100–160 words.
- Do not use internet slang.

Hi guys,
I'm in my final year at school and we are planning a last class trip. My idea is Berlin. I've heard it's such a cool city. So I need some insider tips: What would be a good time to visit Berlin? I'm sure it's a big city and we want to stay somewhere cool and central. So what's the best area for us to stay? Are there any dangerous places we should not go to? And what are the top three "must-sees" for teenagers like us in your opinion? Please, I'm waiting for your ideas.
Thanks. Gavin (16, from Dundee, Scotland)

Hi Gavin,

Inhalt: / 5 P.	Sprache: / 5 P.	Gesamt: / 10 P.

LÖSUNGSHILFEN

Finde zunächst heraus, **wem** du **was** in **welcher Form** schreiben sollst. Markiere anschließend die Fragen in der Mail, auf die du in deinem Antwortschreiben eingehen sollst. Im nächsten Schritt notiere auf einem Extra-Blatt zu jeder Frage einige Ideen, die dir später das zügige Schreiben erleichtern.
Achte während des Schreibens darauf, dass du deinen Antworttext sinnvoll gliederst und die einzelnen Fragen in Abschnitten beantwortest. Vergiss nicht, deine Nachricht angemessen zu beenden (s. S. 17).

* Writing Part 3: Mediation – Summer Jobs

TASKS

Your English-speaking friend Jazz would like to spend the summer holidays in Germany.
He/She loves animals and is looking for a summer job. He/She has asked you for help.

- Read the two reports which you have found on the internet.
- Choose **one** report.
- Write an e-mail to your friend Jazz telling him/her about the kind of work he/she could do.
- Say what the farm assistant does and mention at least four aspects about the job with kids and/or animals.
- Do not translate word for word.
- Write complete sentences.

Inhalt: / 5 P.	Sprache: / 5 P.	Gesamt: / 10 P.

Jobben auf dem Reiterhof

Der Ferien- und Reiterhof Bendfeldt in Grömitz ist ein Familienbetrieb. Seit vielen Jahren werden auf dem Bauernhof Feriengaste betreut, die sich an der frischen Land- und Seeluft erholen wollen. Neben dem Hotelbetrieb betreibt
die Familie aktive Landwirtschaft, Viehzucht und einen Reitbetrieb. Da fällt natürlich jede Menge Arbeit an, für die man Unterstützung sucht. Deshalb geben die Besitzer seit Jahren immer wieder jungen Helfern die Möglichkeit, die Arbeit auf dem Hof näher kennen zu lernen und tolle Erfahrungen für das Berufsleben zu sammeln. Im Vordergrund steht dabei der Pferdejob im Reitbetrieb. Die elf Ponys und Pferde müssen täglich versorgt werden und für das anstehende Kinderprogramm, den Reitunterricht oder Ausritte vorbereitet werden. Aber auch weitere spannende Aufgaben, die im täglichen Umgang mit den Pferden anfallen, warten dort auf dich. Als zusätzliches Extra kannst du nebenbei tolle Erfahrungen im pädagogischen Bereich sammeln, wenn du bei der Kinderbetreuung am Vor- und Nachmittag mithilfst.

Wie sieht dein Tag aus? Der Tag beginnt mit der Versorgung der Pferde am Morgen: das Füttern der Pferde, das Einstreuen der Ställe sowie die Vorbereitung der Ponys für die allmorgendlich stattfindende Ponyführrunde mit den Ferienkindern. Wenn du sehr gute Reiterfahrung hast, kannst du auch selbst bei Reitstunden helfen. Auch das Putzen und Waschen der Pferde, sowie das Raus- und Reinholen von der Wiese wird zu deinen täglichen Aufgaben gehören.

Natürlich kannst du auch Ausritte begleiten und bei guten Reitkenntnissen selbst reiten.

Quelle: https://www.farmarbeit.de/pferdejob-groemitz.html (aus didaktischen Gründen verändert)

Kinderbauernhof Haselsthal

Auf unserem Kinderbauernhof in Heinersdorf bei Berlin sind viele verschiedene Tiere zu Hause: Schafe, Ziegen, Ponys, Meerschweinchen und viele mehr, die unter deiner Anleitung von den Kindern versorgt werden. Die Kinder nehmen am Alltag auf dem Bauernhof teil und kümmern sich sowohl um das Füttern als auch das Pflegen der Tiere. Selbstverständlich wirst du vorab ausführlich in deine Aufgaben eingewiesen und hast jederzeit jemanden vor Ort, der dich unterstützt und dir Fragen beantwortet. Das Betreuerteam sorgt aber nicht nur für das Wohlbefinden der Tiere, sondern auch für ein Wochenprogramm, das den Kindern viel Freude bereitet. Da kann auch hin und wieder ein wenig Kreativität nötig sein, wenn es mal regnet. Insgesamt können sich bis zu 35 Kinder zwischen 4 und 14 Jahren auf dem Hof tummeln. Ihre Nächte verbringen sie wie auch die Betreuerinnen und Betreuer in ihrem eigenen Schlafsack in einem unserer beiden Heuschober, der Villa Wolkenschiff oder der Ballenburg.

Wir freuen uns, wenn du uns unterstützen möchtest und du ...
- mindestens 18 Jahre alt bist;
- souverän, offen, belastbar und ein guter Teamplayer bist;
- dich in neuen Situationen schnell zurechtfindest;
- kein Problem damit hast, Verantwortung für dich und deine Schützlinge zu übernehmen;
- unseren kleinen Gästen auch mal helfen kannst, einen Streit zu lösen;
- dich für Tiere interessierst und es dir zutraust, den Kindern zu zeigen, wie man gewissenhaft mit den Tieren umgeht und sie versorgt.

Eine kleine Vorwarnung vorab: mit Urlaub hat die Arbeit auf unserem Bauernhof wenig zu tun. Dennoch kannst du dir sicher sein, dass die Kinder und die Tiere dir ganz viel Zuneigung und Freude schenken werden.
Darüber hinaus sind für dich Essen und Unterkunft natürlich kostenlos.
Außerdem bekommst du 250 € für deine Reisekosten sowie weitere Ausgaben. Wir freuen uns auf dich!

Inhalt: / 5 P.	Sprache: / 5 P.	**Gesamt: / 10 P.**

LÖSUNGSHILFEN

Finde zunächst heraus, zu welchem Zweck du welche Informationen ins Englische übertragen sollst. Auch hier geht es wieder darum, einen Text auszuwählen, in diesem Fall um einen Sommerjob für Jugendliche. Deine Aufgabe ist es, den Sommerjob deiner Wahl kurz zu benennen und durch vier wichtige Detailinformationen näher zu beschreiben.
Markiere nun die Hauptinformationen, bevor du sie auf einem Notizzettel ins Englische überträgst.
Die Tippsammlung (S. 18) verdeutlicht dir noch einmal Möglichkeiten, unbekannten Wortschatz in der Fremdsprache zu umschreiben.

A4 Test 3

Teil I: Hörverstehen

Listening Part 1: Voicemail Messages

Track 9

TASKS

You are going to hear four voicemail messages.
There is one questions for each message.

- Look at the pictures and listen to the recording.
- You can note keywords below the pictures.
- Choose the correct picture and put a tick in the right box.
- You can listen to the recording twice.

Voicemail Message 1

1. Which shoes is the speaker recommending?

A ☐

B ☐

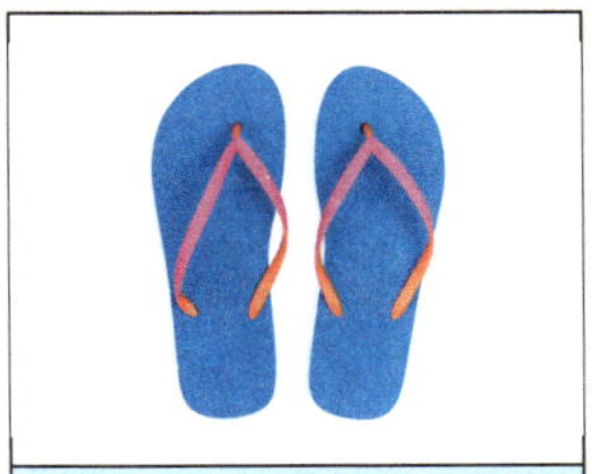

C ☐

D ☐

Voicemail Message 2

2. Which picture is the speaker reacting to?

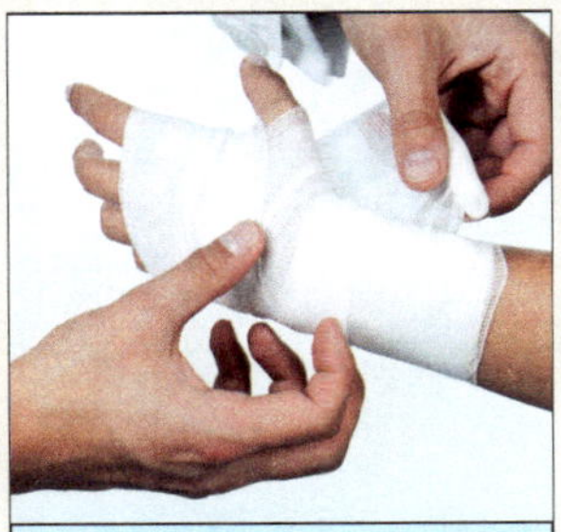

A ☐

B ☐

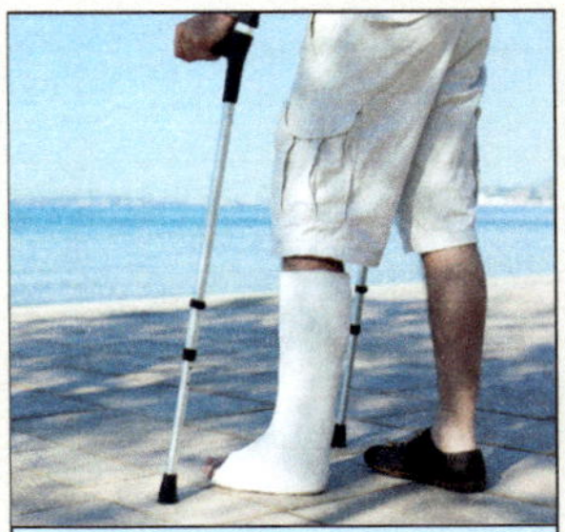

C ☐

D ☐

Voicemail Message 3

3. Which picture did the speaker send by mistake?

A ☐

B ☐

C ☐

D ☐

Voicemail Message 4

4. Which of these things does the speaker tell Zoe to bring?

A ☐

B ☐

C ☐

D ☐

Listening Part 2: Radio Spots

Track 10

TASKS

You are going to hear four radio spots.
Note: You do not need to understand every word to do this task.

- You are going to hear four radio ads.
- Read the slogans below first, then listen to the recording.
- For each ad choose the correct slogan from the list (A–F). Put a tick in the right box of the grid below.
- There is only one slogan for each ad. Two slogans cannot be matched.
- You can listen to the recording twice.

A) Take care of all creatures great and small.

B) Clean up after your dog on the beach.

C) Learn to speak with the world.

D) Protect yourself – don't let the sun shine down on you.

E) Take responsibility for your local beauty spot.

F) Want to travel the world and earn money?
Then apply to teach English at one of our many language schools.

		Slogan					
Number	**Radio Spot**	**A**	**B**	**C**	**D**	**E**	**F**
5	Radio Spot 1						
6	Radio Spot 2						
7	Radio Spot 3						
8	Radio Spot 4						

Listening Part 3: A Travel Podcast – Welkommen to Berlin

Track 11

TASKS

- You are going to hear a travel podcast about a place called Berlin.
- You can listen to the recording twice.
- Complete the table below using keywords.

where it is: **9.** ______________________	Amish lifestyle: **14.** ______________________
population: **10.** ______________________ ______________________	why the Amish came to the US (2): **15.** ______________________ **16.** ______________________
transport options in Berlin: **11.** ______________________	how to get there: **17.** ______________________
things to do/see for tourists (2): **12.** ______________________ **13.** ______________________	

*Listening Part 4: Taking Time Out

Track 12

TASKS

You are going to hear part of a radio talk about taking a year out.
There are four people talking: a presenter, Katie, Sarah and Jacob.

- Read the statements below and listen to the recording.
- Put a tick in the box next to the correct statement.
- In each task only one statement is correct.
- You can listen to the recording twice.

18. This radio show is for young people who ...	**A**	have just started studying at university.	☐
	B	are in their last year at school.	☐
	C	want to work with children.	☐

19. All three teenagers on this show ...	**A**	spent time working abroad after school.	☐
	B	had a year without work after school.	☐
	C	had a year travelling around the world after school.	☐

20. Katie was an au pair ...	**A**	and worked for a very old-fashioned family.	☐
	B	for a family with two small kids.	☐
	C	for an Australian family with a small child.	☐

21. During her time as an au pair, Katie felt ...	**A**	like a slave because of all the housework.	☐
	B	she was treated like a family member by her host parents.	☐
	C	often lonely and bored.	☐

22. Jacob thinks that spending time abroad after school ...	**A**	makes studying very hard when you come back.	☐
	B	makes you homesick and you miss your parents.	☐
	C	is a learning experience and helps you grow up.	☐

23. During his time in Australia ...	**A**	Jacob needed a lot of money from his parents.	☐
	B	Jacob worked in different places.	☐
	C	Jacob had to go to hospital because of an accident.	☐

24. Sarah's gap year as a volunteer in Mozambique ...	**A**	cost almost nothing.	☐
	B	was altogether quite expensive.	☐
	C	was great because she earned £ 2,500.	☐

25. Jacob was surprised to hear ...	**A**	that Katie got her driver's licence.	☐
	B	that Katie got on so well with people and misses them.	☐
	C	that Katie's parents had to pay some money too.	☐

Teil II: Leseverstehen/Schreiben

Reading Part 1: Signs, Notices and Labels

TASKS

- Read the text of each sign/notice.
- Read the four statements next to it and decide which statement matches the sign.
- Tick the right statement. Only one of them is correct.

1.

At Blackpool Pleasure Beach's "The Big One":

This ride is not suitable for elderly people, people with medical heart conditions and pregnant women.
Children under the age of 8 should be accompanied by a responsible adult.

A	Adults and children over 8 are not allowed on this ride.	☐
B	This attraction is suitable for elderly people.	☐
C	Elderly people and small children get a special discount on this ride.	☐
D	People with health problems and women who are expecting a child shouldn't go on this ride.	☐

2.

At Tomco Express Supermarket:

This fast checkout facility is for customers wishing to buy 6 items or fewer and will accept cash payment only.

A	You need a credit card at this check-out.	☐
B	You can use this checkout if you only buy very few things.	☐
C	You can only pay in cash if your total bill is under £ 6.	☐
D	This is a self-service checkout.	☐

3.

AT THE INDOOR POOL:
We'd like to inform our customers that this indoor pool will stay closed for its regular annual maintenance and repair work from July 1 to July 31. We are looking forward to welcoming you back on August 1.

A	The pool is offering jobs to repair workers in July.	☐
B	They had an accident at the pool and need to repair it.	☐
C	The pool closes on August 1.	☐
D	The pool is not open in July.	☐

4.

WARNING!
(AUGUST TO DECEMBER):
Grey seal pupping beach ahead.

- Do not approach resting seals and keep all dogs on a lead.
- Do not allow dogs to bark at seals. Seals may abandon their pups and this beach when scared.
- Never put seals into water. They are on land for a reason.

Seals are legally protected under the Wildlife Act 1976. Help us keep them safe.

A	Dogs are not allowed at this beach.	☐
B	You must not let your dog run free or go near the seals.	☐
C	You should help to put seals back into water when you see them on land.	☐
D	You can only visit this beach from January to July.	☐

5.

Our library is a place of study and research. So please keep all noise in the reading rooms to a minimum. For users engaging in group work or needing to discuss their research we provide a special study area on the second floor.
Thank you.

A	Today there are many people studying in the library.	☐
B	Only the reading room on the 2nd floor is open today.	☐
C	You can talk to others or discuss your work on the 2nd floor.	☐
D	You're not allowed to talk anywhere in this library.	☐

Reading Part 2: Keeping Fit

TASKS

All the people below would like to do some kind of sports activity to stay fit.

- First read the information about them, then look at the different sports on the next page.
- Find two options/activities for each of the people below.
- Some activities can be chosen more than once.
- Write the letters of the activities in the boxes next to the right person.

No.	Activity 1	Activity 2		The persons
6/7				a) **Brenda** would like to do something for her general fitness but she isn't interested in weights or special muscle training. She doesn't want a regular course and prefers to train any time during the week. It's important for her to keep the weekends free. There could be months when she doesn't have much time, so she doesn't want to pay for membership every month.
8/9				b) **Angie** is a young student who would like regular physical exercise but doesn't have enough money to get a fitness club membership. She hates water sports. Last year she tried some Oriental things like yoga and tai chi but found them too slow and boring. Ideally she'd like to meet some new people while training once or twice a week. Angie can't pay more than £ 10 a month.
10/11				c) **Nick** thinks his body could look much better. He works in a bank all day so he would like a regular workout. He tried jogging but hated it. Nick would like better muscle definition or "a six-pack". He isn't really a team player and would prefer to train alone late in the evening or before he starts work. He is prepared to pay up to £ 50 a month.
12/13				d) **Jill** is in her early sixties. She would like to stay fit with some physical exercise – but nothing too stressful like jogging or weightlifting. The best thing would be a combination of exercise and wellness. She prefers indoor activities. Maybe some regular activity would also allow her to meet new people.
14/15				e) **Colin** used to be the goalkeeper in his college football team. Now he's got a full-time job and misses the exercise. For him a team sport would be ideal, but he doesn't mind other sports as long as he doesn't train alone or on machines. Colin has long and irregular working hours, so he only has time at weekends.

The activities	
A	New 24-hour indoor pool, Olympic size. Pay as you go, no membership required. Brand new sauna and steam bath facilities. Regular aqua fitness and baby swimming courses offered.
B	Jazz dance course, Monday nights, £19.99, students pay half. Light exercise – a healthy and entertaining way to stay fit. Join us in the Odeon dance hall. Facilities include large dance floor, excellent music/loudspeaker system and air conditioning.
C	24-hour gym with sauna and modern equipment. Membership £39.99 a month. Meet new people and stay fit!
D	Jogging club looking for new members. All levels welcome. No commitment. Just come when you want. Meet in local park every Sunday at 2 p.m.
E	Five-a-side football – new players needed. Sorry – men only. All ages welcome. Meet at University College Sports Hall on Sundays at 11 a.m.
F	Learn tai chi with Ken Long from Shanghai. This old and gentle form of physical activity is suitable for all ages and all fitness levels. Meet in Victoria Park on Mondays (4 to 6 p.m.). One session costs £2. If you can't come, no problem: you won't need to pay.
G	Rowing club needs money and invites non-members to use our training facilities. We have a wide range of high-tech machines – perfect for building up muscle strength, stamina and the perfect body. All the equipment is available from 8.30 p.m. to 11.30 p.m. from Monday to Friday. Facilities include showers and sauna. Cost is £25 per month.

*Reading Part 3: Mirror, Mirror on the Wall ...

TASKS

- Read the text and the statements on the opposite page.
- Put a tick in the box next to the correct statement.
- For each task only one statement is correct.

Beauty contests or – as they are called – "beauty pageants" have a long tradition in the USA. Since the 1850s a variety of beauty contests for young women have been held regularly in small towns and big cities all over the USA. There are various titles to compete for, for example the famous "Miss America", who was first chosen in 1921.

The procedure is always similar – beautiful young women pose on stage in different outfits. They show off their bodies in swimsuits or ball gowns, they show off their talents and do an interview in which they answer the jury's questions about popular culture, their future or family values. At the end the jury decides and one of the girls can walk away with the crown as a beauty queen for one year. Often other prizes such as modeling or advertising contracts or even scholarships go along with the crown. Beauty queens are like American idols or role models: most American girls grow up with the dream of taking part in such a pageant and wearing a crown one day.

But even for a beauty queen, life isn't always without trouble, as was shown by 17-year-old Domonique Ramirez, Miss San Antonio 2011. After just a few weeks as a reigning queen, Miss Ramirez lost her crown and with it her title. The official organisers of the beauty contest decided to give both to Ashley Dixon, the girl who had come second in the original Miss San Antonio contest. So what did Domonique Ramirez do wrong? There were no nude photos, no sex tapes and no alcohol or drug stories. The pageant directors claimed that Ramirez had turned up late for some events, wasn't a good representative of the city and allegedly they told her that she had put on too much weight. Linda Woods, a spokeswoman for the county's pageant board says that "as a Miss San Antonio reigning queen, she has to live up to our rules and regulations". In an interview with a local radio station, Ms. Woods told the interviewer, "I said, you know, 'Get off the tacos, get off the chips and the soda.' Because she's 17, and that's what these kids eat".

Apparently, Miss Ramirez was doing a photo shoot in which she was asked to wear a dress from the original beauty competition and it didn't fit her anymore. Miss Ramirez also claimed that after a bikini photo shoot she was told to lose at least 13 pounds. Ramirez is 5'8, (172 cm) and weighs 129 pounds (58 kg) – which is by no means overweight.

But Domonique Ramirez didn't give up. She wanted to fight for her crown, so she took a lawyer and went to court. "This is about principle, this is about what's right", Ramirez said. Although San Antonio pageant officials say that their decision had nothing to do with Miss Ramirez' weight, judges didn't quite believe that. In March 2011 she won her court case and was given her crown and title back. So in 2011 for the first time ever, San Antonio, Texas, has two reigning beauty queens: Domonique Ramirez and Ashley Dixon.

This story might show one of the less beautiful sides of beauty contests and it certainly highlights the debate on healthy body images. However, one little story that recently went through the media is even more worrying: In the popular US reality show "Toddlers and Tiaras", a televised child beauty contest, a mother dressed up her four-year-old daughter as Dolly Parton – the country singer who is not only famous for her music but also for her sizeable breasts. Of course, the little girl was wearing make-up – quite normal in shows like this –, but her mother went one step further and put extra padding into some parts of the girl's dress. This way her little 4-year-old girl looked just like Dolly Parton – with large boobs and a big bottom. It's good to know that the show attracted a lot of worldwide criticism after its screening.

TASKS

16. The first American beauty contests ...	**A**	were held in the second half of the 19th century.	☐
	B	were organised in 1921.	☐
	C	were called "Miss America Pageants".	☐
	D	were only held in big cities.	☐

17. At most modern beauty pageants, ...	**A**	the girls are not allowed to speak.	☐
	B	a jury decides who wins the contest.	☐
	C	the girls don't need to pose in swimsuits.	☐
	D	both A + C	☐

18. Beauty queens ...	**A**	often win other prizes along with the crown.	☐
	B	are often idolised by little American girls.	☐
	C	can usually keep their crown for one year.	☐
	D	all of the above (A + B + C)	☐

19. Ashley Dixon ...	**A**	won the original Miss San Antonio Beauty Pageant 2011.	☐
	B	lost her crown after a few weeks but got it back.	☐
	C	came second in the original competition.	☐
	D	works as a director on the San Antonio Pageant Board.	☐

20. Miss Ramirez thinks she lost her title ...	**A**	because she had alcohol problems.	☐
	B	because of some old photos of her being naked.	☐
	C	because she wasn't thin enough.	☐
	D	both A + B	☐

21. In one photo session ...	**A**	Domonique Ramirez didn't want to be naked.	☐
	B	a dress from the competition was too small for Miss Ramirez.	☐
	C	she was told to lose some weight.	☐
	D	both B + C	☐

22. Miss Ramirez won her crown back because ...	**A**	she lost 13 pounds.	☐
	B	she competed in a new contest and won it.	☐
	C	she talked to the directors and they agreed on new regulations together.	☐
	D	she hired a lawyer and went to court.	☐

23. 2011 was the first time ever ...	**A**	that San Antonio, Texas, had a beauty pageant.	☐
	B	that there were two reigning beauty queens in San Antonio.	☐
	C	that a Latina became "Miss San Antonio".	☐
	D	that a beauty queen went on to study law.	☐

24. In the child beauty contest "Toddlers and Tiaras", ...	**A**	a mother used make up on her little daughter.	☐
	B	a mother dressed up her daughter (aged 4) as Dolly Parton, using fake breasts and bottom padding.	☐
	C	Dolly Parton criticised the mother of a 4-year-old.	☐
	D	both A + B	☐

25. The author finds it worrying that ...	**A**	there are so many reality shows on US television.	☐
	B	that many people criticised the reality show with a "Mini Dolly Parton".	☐
	C	a mother sees nothing wrong with dressing up her 4-year-old daughter like that.	☐
	D	both B + C	☐

Writing Part 1: Your Photo

TASKS

You have posted this photo online. Your friend Sarah wants to know more about it.

- React to her comment and answer the questions.
- Write 40–50 words.

Cool make-up!
Where was this picture taken?
Who are these two?
Why are they dressed like that?
How did other people react?

/ 5 P.

Writing Part 2: A Camping Trip with Friends

TASKS

You have found this message posted on the internet.

- Write a letter to Ian and answer his questions.
- Write between 100–160 words.
- Do not use internet slang.

Hi there,
I'm quite angry at the moment. My parents are impossible! I'm 15 years old and they won't allow me to go on holiday with my friends! Some of my classmates want to go camping in Spain for a week and my parents just say "No". They say there's not enough money and they think I'm too young to go abroad without them. I can have a week in the Welsh mountains together with them! That's just so boring! Is this normal? What do you think? Are you allowed to go on holiday without your parents? What can I do to convince my parents to let me go? How could I get some extra holiday money? All ideas are welcome!
Thanks, Ian

Hi Ian,

Inhalt: / 5 P.	Sprache: / 5 P.	Gesamt: / 10 P.

⋆ Writing Part 3: Mediation – Young German Talents

TASKS

Your English-speaking friend Kim is doing a project about young talents in other European countries. She wants your ideas for the project from Germany.

- Read the two profiles you have found online.
- Choose **one** profile.
- Write an email to Kim and tell her about your chosen talent.
- Say what the person you chose does and mention at least four aspects of their career.
- Do not translate word for word.
- Write complete sentences.
- Write on a separate sheet of paper.

Inhalt: / 5 P.	Sprache: / 5 P.	Gesamt: / 10 P.

ACE TEE (Rapperin/R&B-Musikerin)

Für H&M hat sie 2017 eine 16-teilige Modekollektion entworfen, bei Cro war sie Gastmusikerin, und ihr Lied *Bist du down* wurde selbst in den USA und Kanada zum Hit. Ihre erste EP *Tee Time* erschien im September 2017.

Ace Tees bürgerlicher Name ist Tarin Wilda. Sie wurde 1993 in Berlin geboren und wuchs dann im Hamburger Stadtteil Jenfeld auf. Ihre Eltern stammen aus Ghana. Nach einem abgebrochenen Besuch der Akademie POP im Hamburg machte sie eine Ausbildung zur Hairstylistin. Daneben begann sie unter dem Künstlernamen *MEDUZV* Musik zu machen.

Im Jahr 2016 veröffentlichte Ace Tee ihr Lied *Bist du down,* das sie mit dem 21-jährigen Rapper *Kwam.e* aufgenommen hatte. Das Video dazu drehte sie in Eigenregie unter einer Eisenbahnbrücke in Hamburg-Altona-Nord. Der Clip machte sie dann über die Grenzen Deutschlands hinaus bekannt: Eine Twitter-Nutzerin aus Kanada war davon so begeistert, dass sie das Video verbreitete und Ace Tee mit berühmten 90er-Jahre Musikern wie TLC bzw. Alijah verglich. Der Clip wurde trotz der deutschsprachigen Lyrics so populär, dass selbst die Modezeitschrift *Vogue* darüber berichtete.

Das hatte sicherlich damit zu tun, dass Ace Tee außer der Musik auch eine Leidenschaft für Mode hat. Im Video zu *Bist du down* trägt sie mehr als zehn verschiedene Outfits. In einem Interview mit der *ZEIT* sagte sie sinngemäß, wie wichtig es ist, dass man authentisch zeige, wie man ist und wie man sich fühlt – auch durch Kleidung. Man könne auch mit einer Jogginghose im Club tanzen oder mit einer breiten Zahnlücke rumlaufen. Das sei ihr Credo.

inhaltliche Quellen: https://de.wikipedia.org/wiki/Ace_Tee; http://www.zeit.de/2017/38/ace-tee-rapperin-tee-time-h-m-kollektion

Edin Hasanović (Schauspieler)

Seine Mutter flüchtete mit ihm als Baby vor dem Krieg in Bosnien-Herzegowina nach Berlin. Hier wuchs Edin Hasanović auf. Als Kind liebte er es, Leute nachzuahmen und schon mit sieben Jahren probte er eine Oscarrede vor seiner Familie.

Inzwischen ist der 1992 geborene Edin Hasanović einer der erfolgreichsten Jungschauspieler Deutschlands. Mit 13 nahm er an mehreren Castings teil und stand kurz danach auf der Bühne des Berliner Ensembles. Dort arbeitete er zwei Jahre lang als Schauspieler, bevor er mit nur 15 Jahren eine Rolle in der Fernsehserie „KDD – Kriminaldauerdienst“ erhielt, in der er von 2007–2010 mitspielte. Trotz Theaterarbeit und Fernsehdreharbeiten fand Edin genug Zeit zum Lernen und legte 2011 sein Abitur an der Heinz-Schliemann-Schule in Berlin-Prenzlauer Berg ab. Wie er Schule und Filmen vereinbaren konnte? Neben eigener Arbeit und Selbstdisziplin unterstützten ihn seine Lehrer/-innen und die Filmemacher/-innen, indem sie z. B. Dreh- und Klausurtermine aufeinander abstimmten.

Inzwischen ist Edin Hasanović dem deutschen Publikum auch durch Hauptrollen in verschiedenen Filmen bekannt. Für seine Rolle in „Schuld sind immer die Anderen“ erhielt er 2016 den Filmpreis Goldene Kamera als bester deutscher Nachwuchsschauspieler. Es folgten weitere Nominierungen und Preise. Unter anderem wurde die deutsche Dramedy-Miniserie „Familie Braun“, in der Edin Hasanović einen Neonazi verkörpert, der mit einer Afrikanerin ein Kind zeugt, im November 2017 sogar als internationale Produktion mit dem bekannten US-Fernsehpreis Emmy ausgezeichnet. Sicherlich bleibt dies nicht der letzte Preis für den jungen Schauspieler, der schon an weiteren Filmprojekten arbeitet.

inhaltliche Quellen: https://de.wikipedia.org/wiki/Edin_Hasanovi%C4%87; https://www.gala.de/stars/starportraets/edin-hasanovic-20608800.html; https://presseportal.zdf.de/pressemitteilung/mitteilung/international-emmy-fuer-zdf-dramedy-serie-familie-braun/

Schriftliche Prüfungsarbeit zur erweiterten Berufsbildungsreife und zum Mittleren Schulabschluss im Fach Englisch 2022

Quelle der Aufgabenstellung
Lisum Landesinstitut für Schule und Medien Berlin-Brandenburg
Aus lizenzrechtlichen Gründen weichen alle Abbildungen sowie die Materialtexte „Listening Part 2: Radio Ads 1–3“, „Reading Part 1: A–G“ und „Reading Part 2: Short Texts 11–16“ von der Darstellung in der Original-Prüfungsarbeit ab.
Bei den Musterlösungen handelt es sich um nicht amtliche Lösungen.

INFO

Im Jahr 2022 wurde in Berlin keine zentrale Prüfung für den Mittleren Schulabschluss durchgeführt. In Brandenburg wurde für die Oberschule und die Gesamtschule eine zentrale Prüfung für die Bereiche Hörverstehen und Leseverstehen abgehalten, bei der die Schülerinnen und Schüler sich für einen der beiden Kompetenzbereiche entscheiden durften. Diese Prüfung wird hier angeboten.

Teil I: Hörverstehen

Listening Part 1: Voicemail Messages

______ /4 P Track 13

TASKS

- You are going to hear four people reacting to pictures which were sent in an online chat.
- Look at the pictures and then listen to each message.
- Decide which picture each speaker reacts to and put a tick in the right box.
- You will hear the recording twice.

Message One

1. Which picture does the speaker react to?

A friend
online

0:32
✓ 4:23 PM

A ☐

A friend
online

0:32
✓ 4:23 PM

B ☐

A friend
online

0:32
✓ 4:23 PM

C ☐

A friend
online

0:32
✓ 4:23 PM

D ☐

Message Two

2. Which picture does the speaker react to?

A friend
online

0:32
✓ 4:23 PM

A ☐

A friend
online

0:32
✓ 4:23 PM

B ☐

A friend
online

0:32
✓ 4:23 PM

C ☐

A friend
online

0:32
✓ 4:23 PM

D ☐

Message Three

3.* Which picture does the speaker react to?

A friend online	A friend online	A friend online	A friend online

▶ 0:32 ✔ 4:23 PM	▶ 0:32 ✔ 4:23 PM	▶ 0:32 ✔ 4:23 PM	▶ 0:32 ✔ 4:23 PM
A ☐	B ☐	C ☐	D ☐

Message Four

4. Which picture does the speaker react to?

A friend online	A friend online	A friend online	A friend online

▶ 0:32 ✔ 4:23 PM	▶ 0:32 ✔ 4:23 PM	▶ 0:32 ✔ 4:23 PM	▶ 0:32 ✔ 4:23 PM
A ☐	B ☐	C ☐	D ☐

Listening Part 2: Radio Ads

_____ /4 P Track 14

TASKS

Please note: You do not need to understand every word to do this task.

- You are going to hear four radio ads.
- You will hear the recording twice.
- Read the slogans below first, then listen to the recording.
- For each ad choose the correct slogan from the list (A–F) and put a tick in the right box.
- There is only one correct slogan for each ad.
- Two slogans can't be matched.

A) Keep an eye on the flames

B) Take a walk and connect with nature

C) We all benefit from their inventions

D) Be proud to represent your school

E) Share your time with the lonely

F) Go to class regularly for a better future

		Slogan					
Number	**Radio Ads**	**A**	**B**	**C**	**D**	**E**	**F**
5	Radio Ad 1						
6	Radio Ad 2						
7	Radio Ad 3						
8	Radio Ad 4						

Listening Part 3: Donating to the Needy

_____ /9 P Track 15

- You are going to hear about the work of three charity organizations.
- You will hear the recording twice.
- Complete the table below. Use 1 to 5 words or numbers for each answer.

	Organization's mission *(name one)*	How they got the idea	What shows their success *(name one)*	Future plans *(name one)*
Gotta Have Sole 	9	10	*helped over 100,000 children*	11
Katie's Krops 	12	*cabbage fed 275 guests*	13	14*
Sight Learning 	15	16*	17*	

Listening Part 4: Binge TV

_____ /8 P Track 16

TASKS

- You are going to hear a podcast.
- There are four speakers: the host Alison Walker, her guest Carl Dyer and the callers Jill and Stan.
- You will hear the recording twice.
- Read the statements below first, then listen to the recording.
- Put a tick in the box next to the correct statement.
- Only one statement is correct in each case.

18. At the beginning of the podcast, the host says that she	**A**	feels like a couch potato because of binge-watching	☐
	B	has experienced binge-watching for the first time.	☐
	C	has sleeping problems because of binge-watching.	☐

19.* Both the host and Carl point out that	**A**	Netflix is the market leader in the streaming service industry.	☐
	B	hanging out in front of the screen has become very popular.	☐
	C	both A + B	☐

20.* What does Carl say about binge-watching?	**A**	It has changed people's eating habits.	☐
	B	It affects younger people more than older people.	☐
	C	It is harmless if it is not overdone.	☐

21.* What has Carl found out in his research?	**A**	Viewing is no longer a shared experience.	☐
	B	Families fight less about which program to watch.	☐
	C	Some series make people feel depressed.	☐

22. Jill dislikes people who	**A**	lie in bed consuming media all day.	☐
	B	constantly talk while watching TV.	☐
	C	give away information about the plot.	☐

23. * Carl says that in the past	**A**	he had difficulty finding a suitable program.	☐
	B	there were fewer top actors.	☐
	C	both A + B	☐

24. * What does Stan feel bad about?	**A**	He spends too much time binge-watching.	☐
	B	He doesn't value the effort put into film productions enough.	☐
	C	He no longer goes to the cinema.	☐

25. * At the end of the show the host and her guest agree that binge-watching	**A**	has become a common free-time activity.	☐
	B	should be enjoyed in a responsible way.	☐
	C	cannot replace the experience of reading a book.	☐

Teil II: Leseverstehen

Reading Part 1: What to Do in and around Mombasa (Kenya) / 10 P.

TASKS

- These people are looking for something to do in and around Mombasa.
- First read the information about the people, then look at the descriptions of things to do (A–G) on the following two pages.
- In each case find the **two** activities the people would do. Write the letters of the activities in the boxes next to the people's names.
- Some of the activities can be chosen more than once.

No.	Activity 1	Activity 2		The people
1/2				**Kobe** is here for the hidden gems of Mombasa – the pubs and restaurants most tourists won't find on their own. So, a personal tour would be his first choice. Since he has been to Kenya before, he has already seen the classical animals: lions, elephants and such. But this time he is more interested in underwater life.
3/4			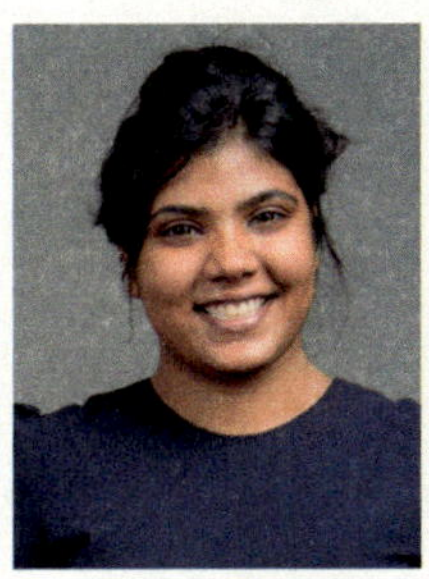	**Tala** has only got two days in Mombasa. That's why she needs a tour that offers it all: the city's history and nature. Too much? Not for her. And as if this is not enough, she is also a true souvenir hunter. This time, though, she wants something really special, not something from one of the many markets in town. Is there anything that fits?
5/6				In Kenya **Mike** wants to do something that challenges him physically. He's looking for a long intense walk which allows him to experience nature and discover wildlife. But he is also into the diverse culture of Mombasa. What he needs is a person who knows their way around the city and who he can have a fun evening with and enjoy a nice meal.
7/8				**Myong** wants to experience the spectacular landscape around Mombasa with the help of a local – away from the main tourist routes. Packed jeeps, boats and long walks are not for her. She also wants to learn about the country from the people who live there. That's why a personal insight into the culture of the native Kenyan tribes is a must.

9/10				You can't say you have seen Kenya without having seen the "Big Five" – the animals that every tourist is eager to see. And this is what **Alexa** wants, too. Apart from that, she is most interested in the historical background of Mombasa and the footprints so many different nations have left on the city. Give her a tour that covers this field and she is in.

Bike Tour 	**A)** This guided tour takes you around the tribal villages, the forests of fruit trees and the breathtaking coastline that makes Kenya a unique experience. Through bushland and along the coast, this fascinating and enjoyable mountain bike tour across unpaved terrain shows you a rarely discovered part of the Mombasa area. You have a choice of four different routes of varying difficulty. Whether it's a leisurely trip or a demanding ride across the rugged terrain along the Mtwapa Creek – there's something for everyone. Rent for mountain bike and equipment included in price
Dolphin Tour 	**B)** On this half-day trip you will board an Arabic dhow and sail for one hour searching for dolphins. You will then sail on to Kisite Marine National Park where you can go snorkeling and swimming. Experience sealife, coral reefs and different types of marine fishes. You will have your lunch at the island, which is mainly seafood. (If you don't take seafood, other meals can be arranged for you.) After lunch, you will sail along the mangrove swamps and then visit the Wasini Island where you will tour the Shimoni caves, where slaves were once held captive.
City Tour 	**C)** This full-day city tour is part history and part shopping! Start the tour at Fort Jesus, a 16th-century Portuguese fort, and follow the history of local people, the Swahili language, and the sultans. In Mombasa's old town the different architectural styles of Africa, Asia, Portugal, Britain and the Arab world bear witness to the many different peoples that have shaped this city through the ages. Stroll across bustling markets, take time to shop for souvenirs and taste authentic, delicious street food. The trip concludes with a visit to a wildlife sanctuary – including a fish farm, a reptile zoo and a park full of colourful plants – before you are returned to your hotel in Mombasa.
Night-Time Tour 	**D)** Spend the evening with a local, visiting some of the coolest places in Mombasa, and enjoying them all with a few drinks of your choice. You'll kick off this tour by stopping at different local bars where you can breathe in the atmosphere and ask your guide all those intriguing details about the city and the people who live here. Next up on this night tour you will visit a local restaurant where you can choose from a wide selection of typical African food. You will love the dishes with their African, Indian and Arab heritage that blend into a mysterious mixture of different flavours.

Maasai Tour 	**E)** Perhaps nothing describes the Maasai, the best-known Kenyan tribe, better than their elaborate jewellery. This full-day tour is run by Maasai tribeswomen to whom these jewellery-making skills were handed down through innumerable generations. You will get to spend the day in the shade of beautiful acacia trees and make your very own necklace with their help and in accordance to the colour symbolism of their tribe. If you like, you can also take part in traditional Maasai singing and dancing, which will be experienced as part of your day. This experience will leave you with memories for a lifetime!
Safari Tour 	**F)** This tour will start early (at 5.30 am) and will take you on a wildlife adventure. After a 2-hour transfer you will enter Meru National Park and start your game viewing. We will be on the lookout for the Big Five as well as antelopes, cheetahs and other animals. You will have a delicious traditional lunch at a panoramic restaurant overlooking the Rhino Plains. Another game viewing drive after lunch will then bring you to several watering holes often bustling with diverse wildlife. As we head out of the park at dusk, you will get fantastic chance to see lions and leopards on the prowl, concluding a day you are unlikely to forget for a long while.
Mount Kenya Tour 	**G)** Your driver will pick you up in Nairobi, a two-hour flight away from Mombasa, at around 5.00 am in the morning for an early start to your day hike to Mount Kenya. After a drive through the coffee fields of Kenya's White Highlands, you will reach the starting point of your hike. Proceed through the rainforest and hike up the steep mountain with a guide who will show you the colourful birds and exotic animals inhabiting the forest. At a mountain station you will be served lunch while you take in the spectacular view of the park. Start your way back before dusk. Note: This tour is for experienced hikers and adults only.

Reading Part 2: Short Texts

/ 6 P.

TASKS

- Look at the text and the statements in each task.
- What does the text say?
- Put a tick next to the statement that matches the text – **A, B, C** or **D.**
- There is only one correct statement for each sign.

11

Miller & Martin Animal Homes
is looking for bikes
for this year's summer auction.

BICYCLES WANTED!

Bikes need to be in good condition.

If you have a bike to donate,
please contact Troy Dyer
at +44 7911 298283.

Here you can

A	learn how to repair a bike.	☐
B	give your used bike away.	☐
C	look for your stolen bike.	☐
D	park your bike safely.	☐

12

Designer fashion can now be bought in digital form. Clients simply select clothing online, which is then digitally edited onto a photo they have provided. This allows customers to portray themselves on social media in clothes that would be too expensive for them in real life.

Pioneering this trend is the Dutch digital-fashion house *The Fabricant.*

A Dutch fashion company

A	uses influencers to boost sales.	☐
B	buys second-hand designer clothes.	☐
C	offers photoshoots with famous fashion photographers.	☐
D	sells virtual designer clothes.	☐

PLEASE LEAVE THE APPLES ON THE TREE!

The apples on these trees are cooking apples and will be ready in autumn.
Please leave them on the trees for everyone to see. Thanks!

By the way: Apple trees always drop some of their smaller fruit during the summer.
This natural thinning process is called the "June drop".

13* These apples should not be picked because

A	they are not an edible variety.	☐
B	they will be used in a baking event.	☐
C	they are just for decoration.	☐
D	they need more time to ripen.	☐

14*

■ Cheers to the lady beside me on the tube on Saturday, who gave a coffee cup back to the bloke who 'didn't notice' he'd dropped it on the floor. Guys, there are bins at every stop, so there's really no reason to litter. Have a bit of respect for others as well as yourself. By the way: He 'dropped' the cup again after you got off. I put it in the bin when I left at the next station ...

Jay, London

A	Jay is looking for someone he met on the train.	☐
B	Jay asks people to clean up after themselves.	☐
C	Jay complains about the lack of bins at the station.	☐
D	Jay thanks someone who bought him a coffee.	☐

15

OWN THE FUTURE FESTIVAL

4 August – 6 October
Thurdays, 4–6 pm

Festival:
6 October

Open to everyone aged 16–18

What would you do with £500?
Gain experience setting up & promoting your own festival with the aid of our trained professionals.

Vauxhall Community Centre
at Lambeth Park Close SE11 6EE

EMPOWER YOUR FUTURE!

spaces limited –
booking: emma@otff.org.uk

This sign addresses young people who

A	want to earn some money.	☐
B	want to start a job after school.	☐
C	need help organizing an event.	☐
D	are interested in music.	☐

16*

Stowater Books

DEAR CUSTOMERS,

PLEASE NOTE
THAT THE SEATING IN THIS
AREA IS PROVIDED FOR
GENERAL BROWSING.

WE THEREFORE KINDLY ASK
THAT THE SOFA AND ARMCHAIRS
ARE NOT OCCUPIED FOR LONG
PERIODS OF TIME.

THANK YOU

This area in the bookshop is reserved for

A	eating and drinking.	☐
B	having books signed.	☐
C	looking through books.	☐
D	elderly customers.	☐

Reading Part 3: My Face Became a Meme

TASKS

- Read the text and the statements on the following two pages.
- Put a tick in the box next to the correct answer.
- Only one answer is correct in each case.

Nine years ago, I did a reverse image search on a photograph of me and was shocked to discover it had become a meme. People online thought my smile, combined with the look in my eyes, seemed terribly sad. They were calling me "Hide the Pain Harold".

The photo came from a shoot I'd done a year earlier, when I was still working as an electrical engineer. A professional photographer had got in touch after seeing my holiday photographs on Facebook. He said he was seeking someone like me to be in some stock images.

Everyone is a little vain inside, myself included, so I was happy that he wanted me. He invited me to a photoshoot near my home in Budapest and we took shots in different locations and settings. Over the course of two years he took hundreds of pictures of me for photo libraries.

I thought the pictures would just be used by businesses and websites, but I wasn't expecting the memes. People overlaid text on my pictures, talking about their wives leaving them, or saying their identity had been stolen and their bank account emptied. They used my image because it looked as if I was smiling through the pain.

Once the memes were out in the world, journalists began to contact me, and wanted to come to my home to interview me. My wife hated it: she thought it interfered in our private life and didn't like the way I was portrayed.

People thought I wasn't a real person, that I was a Photoshop creation – someone even got in contact asking for proof that I existed.

I knew that it was impossible to stop people making memes, but it still annoyed me that Facebook pages, some with hundreds of thousands of followers, were using my photograph as their profile picture, and pretending to be me. Some kind of brand had been made out of me and I would have been a fool not to make use of it. So, in 2017, I created my own Facebook fan page and updated it with videos and stories from my travels.

That started everything going. People noticed that I had taken ownership of the meme and got in contact to offer me work. I was given a role in a television commercial for a Hungarian car dealer. In one of the adverts, I travelled to Germany to buy a used car and it broke down halfway home; if I had bought the same car through their company, the brand claimed, it wouldn't have happened. The [payment I got] for that commercial changed my wife's mind about the meme.

Now my life has changed dramatically. People ask me to talk about my story, to demonstrate the power of memes. A football website flew me to England to make a video about [the club] Manchester City; I got to tour the ground and watch them play a Champions League game.

The German mail-order giant Otto flew me out to make commercials for them. The Hungarian hard rock band Cloud 9+ have a song called Hide The Pain, with me in the video. I'm the face of Totum, the British discount card run by the National Union of Students – they got me to wear a bucket hat. [...]
Last year, I took 20 flights from Budapest to destinations all over the world: Europe, Russia and, increasingly, South America. Last month, I travelled to Chile and Colombia for some TV appearances; that was the first time I felt like a real celebrity. Every time I walked down the street a crowd would gather, so they gave me bodyguards. I'[d] never [experienced] a fame like that before; sometimes it was frightening.
We're also using the meme for good. We want it to be more than just a sad smile. I am the face of a campaign for a mental health service in Hungary, similar to the Samaritans in the UK. I'm proud that something more has come out of the last 10 years than just an idiotic smile.
I'm 74 now. I spent 40 years as an engineer. I did a bit of public speaking then, at conferences and lectures, but that was very different from appearing on television talkshows and YouTube videos. As an engineer, it was really me. Now, it's role play: I'm Hide the Pain Harold. But I'm not actually a sad guy – I think I'm rather a happy one.

András Arató (as told to Chris Stokel-Walker)

András Arató / Chris Stokel-Walker, "Experience: my face became a meme", in: *The Guardian*, 8 August 2019, https://www.theguardian.com/lifeandstyle/2019/nov/08/experience-hide-the-pain-harold-face-became-meme-turned-it-into-career (accessed on 2 August 2022; adapted).

Reading Part 3: My Face Became a Meme / 9 P.

17. Harold's photo was made into a meme because of his	**A**	facial expression.	☐
	B	clothing.	☐
	C	popularity.	☐
	D	tweets.	☐

18.* The photographer discovered Harold	**A**	at a holiday resort.	☐
	B	on Harold's social media page.	☐
	C	on Harold's company's website.	☐
	D	in the local library.	☐

19. What did Harold find strange?	**A**	Companies only used one of his photos for their ads.	☐
	B	Criminals used his photo.	☐
	C	People used his photo to share bad news.	☐
	D	The photographer did not pay him.	☐

20.* How did his wife react?	**A**	She called the police to get rid of the journalists.	☐
	B	She became Harold's PR manager.	☐
	C	She disliked her husband's popularity.	☐
	D	She suffered because Harold was often absent.	☐

21.* What happened in 2017?	**A**	He sued Facebook for illegal use of his images.	☐
	B	He began to take control of his own brand.	☐
	C	He quit his job as an electrical engineer.	☐
	D	both B + C	☐

22.* Harold's wife's attitude changed when her husband	**A**	bought her a new car.	☐
	B	became a TV star.	☐
	C	took her on a holiday to Germany.	☐
	D	started earning money from a TV ad.	☐

23.* In which field(s) has Harold been used for marketing purposes?	**A**	sports	☐
	B	politics	☐
	C	ecology	☐
	D	all of them (A + B + C)	☐

24.* What was the consequence of his popularity?	**A**	He travelled a lot.	☐
	B	He needed to be protected.	☐
	C	He found it scary at times.	☐
	D	all of them (A + B + C)	☐

25.* Which slogan summarizes Harold's story best?	**A**	Fight the memes.	☐
	B	Make the best of your situation.	☐
	C	Never fake your identity.	☐
	D	Reduce your digital presence.	☐

Teil B Die mündliche Prüfung

B 1 Berlin: Vorbereitung – Let's get ready for the oral test!

B 1.1 Berlin: Was wird in der mündlichen Prüfung erwartet?

Bei der Überprüfung der mündlichen Sprechfertigkeit handelt es sich um eine **Partnerprüfung** von maximal 15 Minuten Dauer. Sie erfolgt **ohne Vorbereitungszeit.**
Das Prüfungsgespräch führt dein Englischlehrer beziehungsweise deine Englischlehrerin. Außerdem wird eine zweite Fachkraft anwesend sein. Diese Lehrkraft beobachtet die Prüfung und fertigt ein Protokoll an. Sie beteiligt sich aber nicht aktiv an der Prüfung.
Das mündliche Prüfungsgespräch besteht aus **vier Teilen**. Überprüft wird deine Fähigkeit, sprachlich korrekt auf verschiedene Gesprächs- oder Bildimpulse zu reagieren, deine Meinung überzeugend auszudrücken und dabei angemessen auf eine/-n Gesprächspartner/-in einzugehen.

B 1.2 Berlin: Zum Aufbau der mündlichen Prüfung (Partnerprüfung)

Die mündliche Prüfung setzt sich aus **vier Teilen** zusammen, in denen deine mündliche Sprechfertigkeit auf unterschiedliche Weise überprüft wird:
Teil 1 (ca. 2–3 Minuten): Die prüfende Lehrkraft begrüßt deine/-n Partner/-in und dich. Sie stellt euch abwechselnd Fragen zur Person, zu Hobbys und Freizeitaktivitäten, Vorlieben beziehungsweise Abneigungen und ähnlichen Themen. In der Regel werdet ihr auch aufgefordert, ein englisches Wort zu buchstabieren.
Teil 2 (ca. 2–3 Minuten): Der/Die Prüfende schildert euch eine Situation (z. B. die gemeinsame Urlaubsplanung) und fordert euch auf, passende Vorschläge zu unterbreiten, zu diskutieren und eine Entscheidung herbeizuführen. Unterstützend erhaltet ihr Bilder, über die ihr sprechen könnt.
Teil 3 (ca. 3 Minuten): Nacheinander erhaltet ihr nun ein Bild, das ihr eurer Partnerin bzw. eurem Partner etwa eine Minute zusammenhängend und in sinnvoller Reihenfolge beschreiben sollt.
Teil 4 (ca. 3 Minuten): Die Bilder aus Teil 3 sollen nun von euch zum Anlass genommen werden, ein Thema gemeinsam zu diskutieren. Hier geht es darum, Argumente zu entwickeln und die eigene Meinung überzeugend auszudrücken.

INFO zum Prüfungsablauf

Die Überprüfung der mündlichen Sprechfertigkeit erfolgt in vier Teilen:
1. **Kontakt aufnehmen:** Small Talk
2. **Etwas aushandeln:** Partnergespräch
3. **Ein Bild beschreiben:** zusammenhängend sprechen
4. **Über ein Thema diskutieren:** Partnergespräch

Prüfungsteil	Mögliche Themen und Inhalte	Übungshinweise
PT 1: Kontakt aufnehmen	– Fragen beantworten zu Person, Familie, Schule, Haustieren, Vorlieben, Hobbys, zur Art der Prüfungsvorbereitung, zum Berufswunsch – Buchstabieren	Tipps und Übungen zu diesem Prüfungsteil findest du auf S. 93–95
PT 2: Etwas aushandeln	– Planung einer Urlaubsreise, Klassen- oder Auslandsfahrt – Auswahl eines Geburtstagsgeschenkes oder eines Mitbringsels – Organisation eines Picknicks, einer Schulveranstaltung, eines Projekttages – Planung von Freizeitaktivitäten, Festen und Feiern	Tipps und Übungen zu diesem Prüfungsteil findest du auf S. 96–97

PT 3: Ein Bild beschreiben	Bilder, die Anlass zu einem Gespräch geben, z. B. – eine belebte Straßenszene, eine dörfliche Idylle, ein Restaurant oder Straßencafé, eine Bahnhofshalle oder Hotellobby; oder – Menschen, die Sport treiben, essen, lesen, spielen, arbeiten usw.	Tipps und Übungen zu diesem Prüfungsteil findest du auf S. 97–99
PT 4: Über ein Thema diskutieren	Diskussionen über gesunde Ernährung und Essgewohnheiten, soziales Engagement, Umwelt, gesunde Lebensweise, sinnvolle Freizeitbeschäftigung usw.	Tipps und Übungen zu diesem Prüfungsteil findest du auf S. 100–101

B 1.3 Berlin: Kriterien der Bewertung

Die prüfende Lehrkraft und die/der Protokollführende nehmen unmittelbar nach der Prüfung die Bewertung deiner Sprechleistung vor. Dabei stehen vier Bewertungskriterien im Mittelpunkt, die gleichwertig in die Endbeurteilung deiner Leistung einfließen:
- die kommunikative Kompetenz,
- der Gesprächsbeitrag,
- Grammatik und Wortschatz, und
- die Aussprache.

Kommunikative Kompetenz	Gesprächsbeitrag	Grammatik und Wortschatz	Aussprache
– Gelingt es dir, Gespräche zu eröffnen, fortzuführen und zu beenden? – Sprichst du verständlich und in vollständigen Sätzen? – Stellst du verständliche Fragen und gehst auf die Äußerungen deiner Partnerin bzw. deines Partners ein?	– Kannst du deine Gedanken sinnvoll strukturieren und ausdrücken? – Sprichst du zum Thema? – Gehst du auf deine/-n Partner/-in ein?	– Gelingt es dir, grammatische Strukturen möglichst fehlerfrei zu verwenden (z. B. bei der Fragebildung und den Zeitformen)? – Verfügst du über einen Wortschatz, der es dir ermöglicht, viele Themen spontan und verständlich zu diskutieren?	– Sind deine Aussprache und Intonation so gut, dass man dich problemlos versteht? – Sprichst du flüssig?

B 1.4 Berlin: Tipps zur Vorbereitung der mündlichen Prüfung

Du weißt bereits, dass es sich um eine **Partnerprüfung** handelt. Es ist daher sinnvoll, sich zu zweit auf diese Prüfung langfristig vorzubereiten. Am besten ist natürlich ein/-e Mitschüler/-in, mit der oder dem du diese Prüfung vielleicht tatsächlich gemeinsam ablegst. An manchen Schulen sind die Prüfungspaare bekannt. Das folgende Kapitel bietet dir wertvolle **Hinweise zur Vorbereitung** auf die einzelnen Prüfungsteile. Du findest außerdem **Strategien** für eine erfolgreiche Kommunikation, die du auch nach der Prüfung noch gewinnbringend anwenden kannst.

B 2 Berlin: Tipps, Strategien und Übungen zur Vorbereitung

In den folgenden Ausführungen findest du konkrete Tipps und Übungsvorschläge zur gezielten Vorbereitung auf die einzelnen Teile der mündlichen Prüfung. Außerdem werden dir nützliche Redemittel vorgestellt. Da die Prüfung zur mündlichen Sprechfertigkeit eine Partnerprüfung ist, solltest du dir zur Vorbereitung einen Freund oder eine Freundin suchen, mit dem oder der du gemeinsam üben kannst.

B 2.1 Berlin: Prüfungsteil 1 – Kontakt aufnehmen

In diesem Prüfungsteil werden dir und deiner Partnerin bzw. deinem Partner abwechselnd Fragen gestellt, z. B.

- *What's your name?*
- *How old are you?*
- *Where do you live?*
- *Do you have any brothers/sisters/pets/...?*
- *What are your favourite books / sports / free-time activities / subjects at school / ...)?*
- *Do you like reading books or magazines / listening to music / ...?*
- *How long have you been living in Berlin?*
- *What are your plans for the weekend / your next holiday / ...?*
- *How did you get to school today?*
- *Please spell your name / surname / the word "...".*

a) Ideen sammeln und strukturieren

Da sich diese Fragen auf bestimmte Themenkomplexe (*topics*) beziehen, lohnt es sich, in der Vorbereitung thematische **Mindmaps** oder **Ideensammlungen** anzufertigen, z. B. zu diesen Themen:

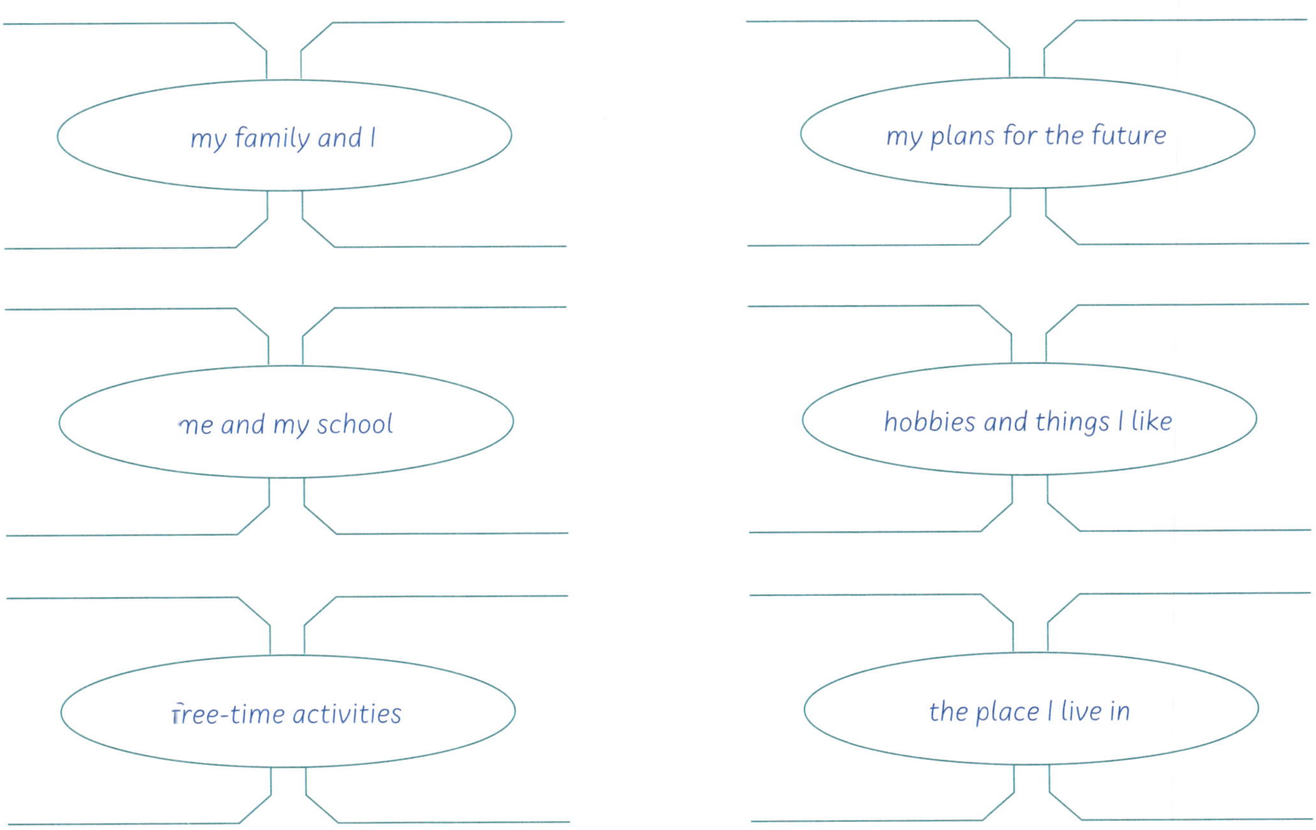

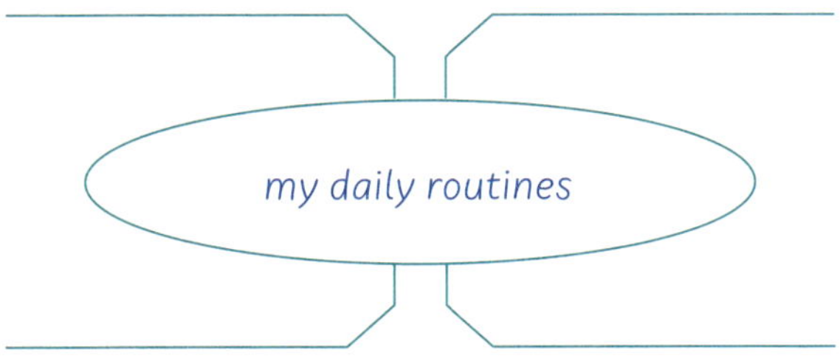

TIPP zur Vorbereitung

Das Anlegen dieser Themenlisten bzw. Mindmaps, das damit verbundene Nachdenken über mögliche Inhalte und das Nachschlagen von persönlich bedeutsamen Vokabeln sind eine ideale Vorbereitung auf den ersten Prüfungsteil. Es gibt dir etwas „zum Anfassen“ und damit Struktur und Sicherheit.

b) Redemittel üben

Sieh dir die folgende Tabelle an. In der linken Spalte findest du Fragen, die möglicherweise im ersten Teil der mündlichen Prüfung gestellt werden. Lies die Antwortmöglichkeiten auf der rechten Seite durch und ordne den Fragen jeweils eine passende Antwort zu. Du hast mehr Antworten, als du brauchst.

Questions		**Answers**	
1	When do you normally get up in the morning?	**a**	I was at the Baltic Sea with friends.
2	How do you usually get to school? How long does it take you to get to school?	**b**	Usually I go out with friends on Saturdays and sleep in on Sundays.
3	What do you usually do at weekends?	**c**	I practised with a partner in class and looked at my lesson notes.
4	What did you do last summer?	**d**	No, I don't. I think they're all unsafe.
5	What are your plans for next year?	**e**	Yes, I am. I watch a lot of football and I run every day.
6	What's your favourite subject?	**f**	Yes, I have a younger sister. Her name is Anne.
7	Are you using any social networking sites?	**g**	During the week I get up at 6 a.m.
8	How much time a day do you spend in front of the TV?	**h**	In winter I go by bus and in summer I cycle. I usually need twenty to thirty minutes.
9	Are you interested in sports?	**i**	I'm hoping to start an apprenticeship as a car mechanic.
10	How did you prepare for this exam?	**j**	My father works as a cook in a hospital.
		k	I like physics and maths best.
		l	I'm not sure. It depends on what's on. Sometimes an hour a day, sometimes more.

Lösungen für Questions and Answers:

Trage den Buchstaben für die von dir gewählte Antwort ein.

question	1	2	3	4	5	6	7	8	9	10
answer										

Hier kannst du deine persönlichen Antworten zu den Fragen notieren:

1 ______________________________

2 ______________________________

3 ______________________________

4 ______________________________

5 ______________________________

6 ______________________________

7 ______________________________

8 ______________________________

9 ______________________________

10 ______________________________

c) Spielerische Partneraktivitäten zur Vorbereitung

1. **Frage-Antwort-Spiel:** Schreibt diese und ähnliche Fragen auf kleine Karteikärtchen und legt sie auf einen Stapel vor euch. Abwechselnd zieht ihr beide eine Karte und stellt sie der oder dem anderen vor. Fahrt fort, bis der Kartenstapel leer ist.
2. **Memory:** Bereitet zu jeder Frage auch ein Antwortkärtchen vor. Mischt alle Karten und legt sie verdeckt vor euch hin. Abwechselnd deckt ihr nun beide zwei Kärtchen auf. Ergeben diese ein Frage-Antwort-Paar, gehören die Karten euch.
3. **Domino:** Bereitet ein Domino-Spiel mit Fragen und dazu passenden Antworten vor. Spielt anschließend nach den Regeln eines herkömmlichen Dominos.
4. **Stopp die Zeit!:** Abwechselnd erhaltet ihr die Gelegenheit, so viele Sätze und Informationen über euch mitzuteilen wie möglich. Dabei wird die Zeit gestoppt. Gewonnen hat, wer am längsten zusammenhängend über sich sprechen konnte. Dieses Spiel auf Zeit könnt ihr natürlich endlos wiederholen – allein oder zu zweit.

Da ihr in der Prüfung aufgefordert werdet, ein Wort oder mehrere englische Wörter zu buchstabieren, lohnt es sich, die folgenden kleinen Übungsvorschläge in die Vorbereitung mit einzubeziehen.

d) Übungen und Aktivitäten zum Buchstabieren

1. **Wörtergewimmel:** Schreibt ca. 30 englische Wörter auf ein Blatt Papier. Anschließend buchstabiert ihr wahllos einzelne Wörter vorwärts oder rückwärts. Es gilt, möglichst schnell das entsprechende Wort zu finden.
2. Jede/-r von euch sucht sich zehn lange englische Wörter aus dem Wörterbuch aus. Schreibt sie auf ein Blatt Papier. Anschließend buchstabiert ihr sie abwechselnd. Die Partnerin oder der Partner muss das Wort nun im Wörterbuch finden und die Anzahl der Buchstaben notieren. Gewonnen hat, wessen Gesamtbuchstabenzahl am Ende die höhere ist.

B 2.2 Berlin: Prüfungsteil 2 – Etwas aushandeln

Im zweiten Prüfungsteil führst du ein Gespräch mit deiner Partnerin bzw. deinem Partner. Dabei wird von dir erwartet, dass du zu einer vorgegebenen Situation (z. B. einer bevorstehenden Klassenfahrt) Vorschläge unterbreiten und/oder angemessen auf Vorschläge reagieren kannst. Dazu notwendige und nützliche Formulierungen findest du in der folgenden Übersicht.

a) Redemittel zur Diskussion

Making a suggestion (einen Vorschlag machen)	**Agreeing with a partner (einem Vorschlag zustimmen)**	**Disagreeing with a partner (einen Vorschlag ablehnen)**
What do you think of …?	That's a great idea.	I don't think that's a good idea (because …)
What about …?	That sounds good/great.	I'm afraid I can't agree with you.
	Yes, OK.	Well, that's true but …
	All right, I agree.	

b) Zuordnungsübung
Versuche nun, die folgenden ungeordneten Redewendungen und Satzanfänge den passenden Sprechabsichten in der Tabelle zuzuordnen. Ergänze die Übersicht.

How do you feel about …? | I think so too. | You're absolutely right.

I really think you're wrong because … | Why don't we …? | Of course, I agree with you.

I'm sorry, but I don't agree with you. | Personally, I think …

I can't agree with you. | We could … | Do you agree?

Let's … | That's not a great idea because …

c) Partnerübung zur Vorbereitung

1. Mithilfe der Redewendungen aus a) und b) könnt ihr euer Wissen nun an den folgenden Situationen ausprobieren:
   Task: Discuss the topic(s) and come to a decision – after you have talked about all five options.

You and your friend are going to visit New York, what should you take? – an umbrella – a map – an MP3 player – a camera – a dictionary	Your friends want to go out for an evening together. Where will you go? – cinema – museum – bowling – disco – rock concert
Your class are planning a weekend trip, where will you go? – a farm in Brandenburg – the beach – the mountains – a water park – a friend's garden	You want to lose weight. What can you do to live more healthily? – no fast/junk food – more fruits/vegetables – work out in a gym – walk to school – no coke or other fizzy drinks

TIPP

In der realen Prüfung erhältst du zu der geschilderten Situation anstelle der fünf Optionen kleine Bildimpulse, die dir Ideen geben, um das Gespräch oder die Diskussion zu eröffnen bzw. aufrechtzuhalten. Nutze diese Hilfe, lege die Bilder aber unbedingt beiseite, wenn sie dir unpassend erscheinen oder wenn sie unbekannten Wortschatz verlangen.

TIPP zur Gesprächsführung

Löse dich in diesem Prüfungsteil von der prüfenden Lehrkraft. Wende dich ganz deiner Partnerin bzw. deinem Partner zu und arbeite mit Mimik und Gestik. Nicke ihr oder ihm zu, lächle aufmunternd und nutze das Bildmaterial, um mit dem Finger darauf zu zeigen und das Gespräch authentischer wirken zu lassen.

B 2.3 Berlin: Prüfungsteil 3 – Ein Bild beschreiben

a) Schrittfolge und Redemittel zur Bildbeschreibung

Im dritten Prüfungsteil wird von dir erwartet, dass du zunächst ein aussagekräftiges Bild beschreibst, bevor du im nachfolgenden Prüfungsteil mit deiner Partnerin bzw. deinem Partner Sachverhalte des Bildes diskutierst.

Die nachfolgende Schrittfolge zur Bildbeschreibung wird dir helfen, ruhig und strukturiert vorzugehen.

Schritt 1:	Schau dir das Bild in Ruhe an.
Schritt 2:	Welche Situation wird dargestellt? – Zeigt es eine Straßen- oder Restaurantszene? – Werden junge Leute am Strand oder Menschen am Arbeitsplatz dargestellt? Nützliche Redemittel zur Beantwortung der Fragen: *– This picture shows ...* *– This is a picture of ...* *– In this picture I can see ...*

Schritt 3:	Was befindet sich im Mittelpunkt des Bildes? – Personen oder zentrale Gegenstände? – Wo befinden sie sich? Redemittel: – *In the foreground/middle/centre of the picture, there is/are … / I can see …* – *She/He is walking along … / sitting inside … / working at …* (ACHTUNG: Handlungen von Personen werden in Bildbeschreibungen mit der Verlaufsform der Gegenwart – dem *present progressive* – ausgedrückt!)
Schritt 4:	Was tun die Menschen gerade? Wer mögen sie sein? Wie fühlen sie sich? Redemittel: – *She/He is reading … / talking to … / playing with …* – *They're having a meal. / … sunbathing in the sea. / … writing a letter.* – *This person (on the left/right) seems to be a lifeguard.* – *The old man is probably a tourist.* – *You can tell they are enjoying themselves because …* – *The old lady looks very happy … / seems a bit frightened …*
Schritt 5:	Gibt es andere Dinge, die für die Bildaussage wichtig sind? Beschreibe deren Position bzw. Bedeutung. Redemittel: – *In the background there is/are …* – *On the left/right I can see …* – *In the bottom/top left-hand corner … / In the bottom/top right-hand corner …* – *At the top/bottom …* – *There's a … next to … / behind … / in front of … / opposite …* – *It's probably the … because … / It might be … because …*

TIPP

Es kann passieren, dass dir die Vokabel zur Benennung eines zentralen Gegenstandes des Bildes gerade nicht einfällt. Keine Panik! Versuche einfach, diese Sache zu umschreiben. Erkläre,

- wozu man ihn braucht oder verwendet:
  It's something you need to … / use to …
  It's a kind of tool / bike / container for …
- wie er aussieht (Farbe, Größe, Form):
  It's a red and round vegetable.
- wo man ihn gewöhnlich findet oder aufbewahrt:
  It's something you find in your cupboard / in a forest / near a lake.
- wo er hergestellt wird und/oder aus welchem Material er besteht:
  Wooden sticks that people use in China.

Umschreiben kann man auch durch die Verwendung

- eines **ähnlichen Wortes** (*very big* statt *huge*),
- des **Gegenteils** (*not fast* statt *slow*),
- von Ober- oder Unterbegriffen (*things like knives, forks and spoons* statt *cutlery*) bzw.
- durch die Beschreibung einer **passenden Situation** (*you feel like this when you have to live far away from home* statt *homesick*).

b) Übung zum Umschreiben

Schreibe die folgenden deutschen Begriffe auf kleine Zettel. Lege den Zettelstapel dann umgedreht vor dich hin und ziehe nacheinander die Begriffe. Versuche sie auf Englisch zu umschreiben. Die Begriffe, die dir gut bzw. sofort gelingen, lege beiseite. Konzentriere dich nun auf die besonders kniffligen Wörter und überlege, wie du sie mit deinen Worten erklären kannst. Übung macht die Meisterin bzw. den Meister!

Schraubenzieher	Steckdose	Stecknadel	Schubkarre
Flaschenöffner	Stricknadel	Kerzenständer	Backpulver
Fahrradschlauch	Gießkanne	Geldbörse	Mülltonne
Verkehrsampel	Hupe	Antenne	Föhn

Du kannst diese Übung auch zu zweit durchführen. Ihr könnt weitere Begriffe aufschreiben oder aus Umschreibungen den gesuchten Begriff erraten.

c) Übungen zur Bildbeschreibung

Bilder zum Beschreiben findest du in jeder Tageszeitung, Zeitschrift oder im Internet.
Gute Bilder ...
- sind farbig,
- zeigen Menschen in ihrem Alltag und
- bieten viele Details zum Beschreiben an.

TIPP

Deine Bildbeschreibung sollte in der Prüfung ungefähr eine Minute dauern. Stell dir eine Eier- oder Stoppuhr, wenn du mit der Beschreibung beginnst. So entwickelst du ein Gefühl für die Zeit.

Partnerübung 1: Wähle ein Bild aus und beschreibe es deinem Gegenüber. Baue einen oder zwei Fehler in deine Beschreibung ein. Kann dein/-e Partner/-in sie finden?

Partnerübung 2: Ihr nehmt beide das gleiche Lehrbuch. Während du ein Bild auswählst und beschreibst, hält dein Gegenüber das Buch geschlossen. Nach Beendigung der Beschreibung erteilst du das Kommando „Ready, steady, go!“ und dein/-e Partner/-in versucht so schnell wie möglich das beschriebene Bild zu finden. Ihr könnt euch dabei abwechseln und die „Suchzeit“ stoppen.

Partnerübung 3: Wähle ein beliebiges Bild aus und beschreibe es. Währenddessen versucht dein Gegenüber, dieses Bild nach deiner Beschreibung zu zeichnen. Anschließend vergleicht ihr es mit dem Original.

TIPP

Vergiss nicht, ...
- in ganzen Sätzen zu sprechen.
- deine Beschreibung zu strukturieren, d. h. mit der dargestellten Situation zu beginnen und danach mit den zentralen Personen/Gegenständen fortzufahren.
- Vermutungen (z. B. über Menschen und deren Gefühle und Stimmungen) anzustellen und zu begründen.
- unwesentliche Details wegzulassen, denn du hast nur etwa eine Minute Zeit.

B 2.4 Berlin: Prüfungsteil 4 – Über ein gegebenes Thema diskutieren

In diesem Prüfungsteil werdet ihr aufgefordert, zu zweit eine Diskussion zu einem vorgegebenen Alltagsthema zu führen. Dieses Thema schließt inhaltlich an die von euch beschriebenen Bilder im Prüfungsteil 3 an. Wenn du also im dritten Prüfungsteil siehst, dass dein Bild oder das deiner Partnerin bzw. deines Partners Menschen bei sportlichen Aktivitäten zeigen, kannst du davon ausgehen, dass ihr im vierten Prüfungsteil die Aufgabe erhalten werdet, ein Gespräch zum Thema Sport und Fitness zu führen.

Folgende Themen (*topics*) könnten dir in diesem Prüfungsteil begegnen:
- *The importance of sports and personal fitness*
- *Free time and weekend activities*
- *What makes the perfect holiday?*
- *Eating habits and a healthy diet*
- *Information technology in your life*
- *City life or country life?*
- *How to save the environment*
- *Summer or winter – what's your season?*
- *Important relationships in your life*
- *Fashion, appearance, style*
- *The impact of media*

Auch hier bietet es sich an, eine **Ideensammlung** zu verschiedenen Themen anzulegen: Was kannst du zu den einzelnen Themen sagen, welche Meinung vertrittst du zu Themen wie „gesunde Ernährung“ oder „sinnvolle Freizeitgestaltung“?

TIPP

Lege zu den einzelnen Problemstellungen jeweils eine Karteikarte an, auf der du deine Meinung formulierst und gute Argumente notierst. Du wirst schnell merken, dass sich bestimmte Redewendungen häufig wiederholen. Diese Wiederholungen prägen sich natürlich schnell ein.

Es geht also darum, die eigene Meinung auszudrücken sowie Argumente zu entwickeln und zu begründen. Viele der dazu notwendigen Redemittel findest du bereits im Kapitel B 1.2 a) und b)
Die folgende **Übersicht** zeigt dir noch einmal, wie du deine eigene Meinung ausdrücken kannst.

a) Redemittel zur Meinungsäußerung

I think/feel/believe …

In my opinion …

As I see it …

In my view …

It seems to me that …

My point of view is that …

b) Argumentieren

Es reicht natürlich nicht, nur die eigene Meinung zu sagen. Du solltest dich immer bemühen, auch Gründe und Argumente aufzuzählen, die dich zu deiner Überzeugung veranlassen. Da es für viele Problemstellungen zwei Seiten (pro und kontra) gibt, bietet es sich an, eine zweispaltige Tabelle anzulegen, wie z. B. die folgende zum Thema „City or country life? Which do you prefer?“

City life	Country life
– entertainment – short distances – shopping (facilities) – ...	– healthy lifestyle – close relationships – close to nature (lakes, ...) – ...

c) Fragen stellen

Du und dein/-e Partner/-in seid natürlich nicht nur aufgefordert, eure Meinung zum Thema zu vertreten und über euch zu berichten, sondern auch, euch gegenseitig zu befragen. Somit könnt ihr die Richtung des Gesprächs durch eure Fragen aktiv mitbestimmen. Es ist deshalb sinnvoll, sich im Vorfeld auch mögliche Fragen zu den einzelnen Themen zu überlegen und diese zu formulieren. Dabei lassen sich einige Fragestrukturen auf viele Themen übertragen, z. B.

- *What's your favourite ... ?*
- *What do you think about ... ?*
- *Why don't (do) you like ... ?*
- *What kind of .... do you have/like/hate ...?*
- *How often do you ... ?*
- *Do you prefer ... or ... ?*
- *Have you ever ... ?*

Wenn ihr diese drei Aspekte a) bis c) auf eurer Ideensammlung schriftlich notiert, könnt ihr sprachlich gut vorbereitet in eine Partnerübungsphase gehen. Hier bietet es sich an, Problemstellungen auf kleine Zettel zu schreiben, diese verdeckt auf den Tisch zu legen und nacheinander umzudrehen. Die daraus entstehenden Diskussionen werden zunächst noch kurz und holprig verlaufen, ihr übt dadurch aber die Gesprächsführung. Am Ende werden die Gespräche zur Routine und vermitteln Spaß an der Diskussion.

Diskussionskärtchen zum Üben

Dies sind Beispiele für Diskussionskärtchen:

City or country – where would you like to live?	What makes a healthy diet?	The best way to relax: in front of the TV or at the gym?	What makes the ideal holiday?
No more fast food restaurants!	Marriage – out of date?	Facebook – all fun or no fun at all?	Being vegetarian is the only fair and healthy way to eat.
Is it important to wear the latest fashion? Can your look influence your life?	Is life today possible without smartphones?	School's finished. What's next – a year abroad or work?	Extreme sports – stupid risk or fantastic experience?

Teil B Die mündliche Prüfung

B 1 Brandenburg: Vorbereitung – Let's get ready for the oral test!

B 1.1 Brandenburg: Was wird in der mündlichen Prüfung erwartet?

Bei der Überprüfung der mündlichen Sprechfertigkeit handelt es sich um eine **Gruppenprüfung** von 15–20 Minuten Dauer. Sie erfolgt **ohne Vorbereitungszeit.**

Das Prüfungsgespräch führt dein Englischlehrer bzw. deine Englischlehrerin. Außerdem wird eine zweite Lehrkraft anwesend sein. Diese Lehrkraft beobachtet die Prüfung und fertigt ein Protokoll an. Sie beteiligt sich aber nicht aktiv an der Prüfung.

Das mündliche Prüfungsgespräch besteht aus **drei Teilen.** Überprüft wird deine Fähigkeit, sprachlich korrekt auf verschiedene Gesprächs- oder Bildimpulse zu reagieren, deine Meinung überzeugend auszudrücken und dabei angemessen auf Gesprächspartner/-innen einzugehen.

B 1.2 Brandenburg: Zum Aufbau der mündlichen Prüfung (Gruppenprüfung)

Die mündliche Prüfung setzt sich aus **drei Teilen** zusammen, in denen deine mündliche Sprechfertigkeit auf unterschiedliche Weise überprüft wird:

Teil 1 (ca. 4–6 Minuten): Die prüfende Lehrkraft begrüßt alle Gruppenmitglieder. Er stellt euch in einem kurzen Gespräch Fragen zur eigenen Person, zu Hobbys und Freizeitaktivitäten, zu Familie und Freunden, aber auch zu Träumen und Hoffnungen. Gegebenenfalls erhaltet ihr auch Gelegenheit, einem der anderen Prüflinge eine Frage zu stellen.

Teil 2 (ca. 5–7 Minuten): Im zweiten Teil der Gruppenprüfung erhaltet ihr nacheinander einen visuellen Impuls (z. B. ein Foto, eine Zeichnung, einen Cartoon mit/ohne Sprechblasen), der euch einen Sprechanlass bieten wird. Alle Bilder beziehen sich auf ein gemeinsames Thema, zu dem sich jeder Prüfling zusammenhängend äußern soll.

Teil 3 (ca. 6–7 Minuten): Ausgehend vom Thema der Sprechimpulse im Teil 2 der Prüfung erhaltet ihr nun von der prüfenden Lehrkraft eine Aufgaben- bzw. Problemstellung. Sie dient euch zum gemeinsamen Gedankenaustausch, aber auch zur Diskussion. In Form eines kleinen Rollenspiels sollt ihr hier Argumente entwickeln und Problemlösungen herbeiführen.

INFO zum Prüfungsablauf

Die Überprüfung der mündlichen Sprechfertigkeit erfolgt in drei Teilen:
1. **Dialogisches Sprechen/Interview:** Small Talk
2. **Ein Bild (Foto, Cartoon) beschreiben:** zusammenhängend sprechen
3. **Über ein Thema diskutieren:** Gruppengespräch

Prüfungsteil	Mögliche Themen und Inhalte	Übungshinweise
PT 1: Dialogisches Sprechen / Interview	– Fragen beantworten zu Person, Familie, Freunden, Freizeit und Hobbys, Wünschen und Hoffnungen	Tipps und Übungen zu diesem Prüfungsteil findest du auf S. 104–106
PT 2: Zusammenhängendes monologisches Sprechen	– Gesunde Lebensweise, Formen des Zusammenlebens, soziales Engagement, sinnvolle Freizeitgestaltung, Essgewohnheiten, Freundschaft und Liebe usw.	Tipps und Übungen zur Bildbeschreibung findest du auf S. 106
PT 3: Dialogisches Sprechen / Interaktion		Tipps und Übungen zu diesem Prüfungsteil findest du auf S. 108–109

B 1.3 Brandenburg: Kriterien der Bewertung

Die prüfende Lehrkraft und die/der Protokollierende nehmen unmittelbar nach der Prüfung die Bewertung deiner Sprechleistung vor. Dabei stehen vier Bewertungskriterien im Mittelpunkt, die gleichwertig in die Endbeurteilung deiner Leistung einfließen:
- die kommunikative Kompetenz,
- der Gesprächsbeitrag,
- Grammatik und Wortschatz, und
- die Aussprache.

Kommunikative Kompetenz	**Gesprächsbeitrag**	**Grammatik und Wortschatz**	**Aussprache**
– Gelingt es dir, Gespräche zu eröffnen, fortzuführen und zu beenden? – Sprichst du verständlich und in vollständigen Sätzen? – Stellst du verständliche Fragen und gehst auf die Äußerungen deines Gegenübers ein?	– Kannst du deine Gedanken sinnvoll strukturieren und ausdrücken? – Sprichst du zum Thema? – Gehst du auf deine/-n Partner/-in ein?	– Gelingt es dir, grammatische Strukturen möglichst fehlerfrei zu verwenden (z. B. bei der Fragebildung und den Zeitformen)? – Verfügst du über einen Wortschatz, der es dir ermöglicht, viele Themen spontan und verständlich zu diskutieren?	– Sind deine Aussprache und Intonation so gut, dass man dich problemlos versteht? – Sprichst du flüssig?

B 1.4 Brandenburg: Tipps zur Vorbereitung der mündlichen Prüfung

Du weißt bereits, dass es sich um eine Gruppenprüfung handelt. Es ist daher sinnvoll, sich gemeinsam auf diese Prüfung langfristig vorzubereiten. Am besten sind natürlich Mitschüler/-innen, mit denen du vielleicht die Prüfung gemeinsam ablegen wirst. An manchen Schulen sind die Prüfungsgruppen bekannt.
Das folgende Kapitel bietet dir wertvolle **Hinweise zur Vorbereitung** auf die einzelnen Prüfungsteile. Du findest außerdem **Strategien** für eine erfolgreiche Kommunikation, die du auch nach der Prüfung noch gewinnbringend anwenden kannst.

B 2 Brandenburg: Tipps, Strategien und Übungen zur Vorbereitung

In den folgenden Ausführungen findest du konkrete Tipps und Übungsvorschläge zur gezielten Vorbereitung auf die einzelnen Teile der mündlichen Prüfung. Außerdem werden dir nützliche Redemittel vorgestellt. Da die Prüfung zur mündlichen Sprechfertigkeit eine Gruppenprüfung ist, solltest du dir zur Vorbereitung Freundinnen und Freunde suchen, mit denen du gemeinsam üben kannst.

B 2.1 Brandenburg: Prüfungsteil 1 – Kontakt aufnehmen

In diesem Prüfungsteil werden dir und deinen Gruppenmitgliedern abwechselnd Fragen gestellt, z. B.
- *What's your name?*
- *How old are you?*
- *Where do you live?*
- *Do you have any brothers/sisters/pets/...?*
- *What are your favourite books / sports / free-time activities / subjects at school / ...)?*
- *Do you like reading books or magazines / listening to music / ...?*
- *How long have you been living in Berlin?*
- *What are your plans for the weekend / your next holiday / ...?*
- *How did you get to school today?*

a) Ideen sammeln und strukturieren

Da sich diese Fragen auf bestimmte Themenkomplexe (*topics*) beziehen, lohnt es sich in Vorbereitung thematische **Mindmaps** oder **Ideensammlungen** anzufertigen, z. B. zu diesen Themen:

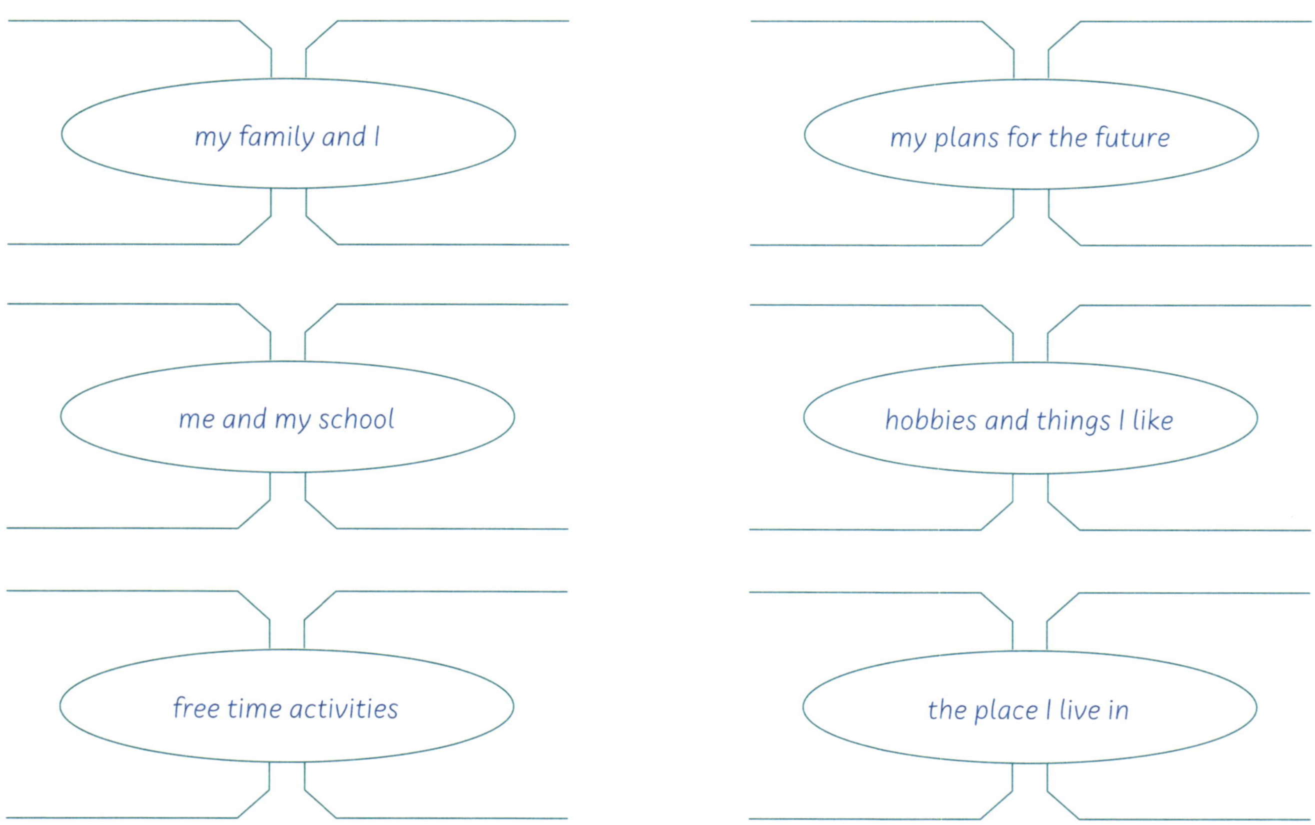

TIPP zur Vorbereitung

Das Anlegen dieser Themenlisten bzw. Mindmaps, das damit verbundene Nachdenken über mögliche Inhalte und das Nachschlagen von persönlich bedeutsamen Vokabeln sind eine ideale Vorbereitung auf den ersten Prüfungsteil. Es gibt dir etwas „zum Anfassen" und damit Struktur und Sicherheit.

b) Redemittel üben

Sieh dir die folgende Tabelle an. In der linken Spalte findest du Fragen, die möglicherweise im ersten Teil der mündlichen Prüfung gestellt werden. Lies die Antwortmöglichkeiten auf der rechten Seite durch und ordne den Fragen jeweils eine passende Antwort zu. Du hast mehr Antworten, als du brauchst.

	Questions		**Answers**
1	When do you normally get up in the morning?	**a**	I was at the Baltic Sea with friends.
2	How do you usually get to school? How long does it take you to get to school?	**b**	Usually I go out with friends on Saturdays and sleep in on Sundays.
3	What do you usually do at weekends?	**c**	I practised with a partner in class and looked at my lesson notes.
4	What did you do last summer?	**d**	No, I don't. I think they're all unsafe.
5	What are your plans for next year?	**e**	Yes, I am. I watch a lot of football and I run every day.
6	What's your favourite subject?	**f**	Yes, I have a younger sister. Her name is Anne.
7	Are you using any social networking sites?	**g**	During the week I get up at 6 a. m.
8	How much time a day do you spend in front of the TV?	**h**	In winter I go by bus and in summer I cycle. I usually need twenty to thirty minutes.
9	Are you interested in sports?	**i**	I'm hoping to start an apprenticeship as a car mechanic.
10	How did you prepare for this exam?	**j**	My father works as a cook in a hospital.
		k	I like physics and maths best.
		l	I'm not sure. It depends on what's on. Sometimes an hour a day, sometimes more.

Lösungen für Questions and Answers:

Trage den Buchstaben für die von dir gewählte Antwort ein.

question	1	2	3	4	5	6	7	8	9	10
answer										

Hier kannst du deine persönlichen Antworten zu den Fragen notieren:

1 ______________________________

2 ______________________________

3 ______________________________

4 ______________________________

5 ______________________________

6 ______________________________

7 ______________________________

8 ______________________________

9 ______________________________

10 ______________________________

c) Spielerische Aktivitäten zur Vorbereitung

1. **Frage-Antwort-Spiel:** Schreibt diese und ähnliche Fragen auf kleine Karteikärtchen und legt sie auf einen Stapel vor euch. Abwechselnd zieht jeder von euch eine Karte und stellt sie den anderen vor. Fahrt fort, bis der Kartenstapel leer ist.
2. **Memory:** Bereitet zu jeder Frage auch ein Antwortkärtchen vor. Mischt alle Karten und legt sie verdeckt vor euch hin. Abwechselnd deckt nun jeder zwei Kärtchen auf. Ergeben diese ein Frage-Antwort-Paar, gehören die Karten euch.
3. **Domino:** Bereitet ein Domino-Spiel mit Fragen und dazu passenden Antworten vor. Spielt anschließend nach den Regeln eines herkömmlichen Dominos.
4. **Stopp die Zeit!:** Abwechselnd erhaltet ihr die Gelegenheit, so viele Sätze und Informationen über euch mitzuteilen wie möglich. Dabei wird die Zeit gestoppt. Gewonnen hat, wer am längsten zusammenhängend über sich sprechen konnte. Dieses Spiel auf Zeit könnt ihr natürlich endlos wiederholen – allein oder in der Gruppe.

B 2.2 Brandenburg: Prüfungsteil 2 – Bildbeschreibung / Monologisches Sprechen

Im zweiten Prüfungsteil erhaltet ihr nacheinander einen visuellen Impuls (z. B. eine Zeichnung, ein Foto oder einen Cartoon) zu einem gemeinsamen Thema. Hier wird von dir erwartet, dass du zunächst das Bild beschreibst und dich zu der dargestellten Thematik möglichst ausführlich äußerst.

a) Schrittfolge und Redemittel

Die nachfolgende Schrittfolge wird dir helfen, in diesem Prüfungsteil ruhig und strukturiert vorzugehen.

Schritt 1:	Schau dir das Bild in Ruhe an.
Schritt 2:	Welche Situation wird dargestellt? – Zeigt es eine Straßen- oder Restaurantszene? – Werden junge Leute am Strand oder Menschen am Arbeitsplatz dargestellt? Nützliche Redemittel zur Beantwortung der Fragen: – *This picture shows …* – *This is a picture of …* – *In this picture I can see …*

Schritt 3:	Was befindet sich im Mittelpunkt des Bildes? – Personen oder zentrale Gegenstände? – Wo befinden sie sich? Redemittel: – *In the foreground/middle/centre of the picture there is/are ... / I can see ...* – *She/He is walking along ... / sitting inside ... / working at ...* (ACHTUNG: Handlungen von Personen werden in Bildbeschreibungen mit der Verlaufsform der Gegenwart – dem *present progressive* – ausgedrückt!)
Schritt 4:	Was tun die Menschen gerade? Wer mögen sie sein? Wie fühlen sie sich? Redemittel: – *She/He is reading ... / talking to ... / playing with ...* – *They're having a meal. / ... sunbathing in the sea. / ... writing a letter.* – *This person (on the left/right) seems to be a lifeguard.* – *The old man is probably a tourist.* – *You can tell they are enjoying themselves because ...* – *The old lady looks very happy ... / seems a bit frightened ...*
Schritt 5:	Gibt es andere Dinge, die für die Bildaussage wichtig sind? Beschreibe deren Position bzw. Bedeutung. Redemittel: – *In the background there is/are ...* – *On the left/right I can see ...* – *In the bottom/top left-hand corner ... / In the bottom/top right-hand corner ...* – *At the top/bottom ...* – *There's a ... next to ... / behind ... / in front of ... / opposite ...* – *It's probably the ... because ... / It might be ... because ...*
Schritt 6:	Woran erinnert dich dieses Bild? Was hat es mit dir bzw. deinem Leben zu tun? Welche Bedeutung hat die Thematik für dich? – *The picture/cartoon makes me think of ... / reminds me of ...* – *Like/Unlike the person in the picture/cartoon, I ...* – *If I were/saw ... I would .... because ...* – *I personally think (that) ... because ...* – *I (dis)agree with the message because ...* – *It's true that ...*

b) Übung zum Umschreiben

Schreibe die folgenden deutschen Begriffe auf kleine Zettel. Lege den Zettelstapel dann umgedreht vor dich hin und ziehe nacheinander die Begriffe. Versuche sie auf Englisch zu umschreiben. Die Begriffe, die dir gut bzw. sofort gelingen, lege beiseite. Konzentriere dich nun auf die besonders kniffligen Wörter und überlege, wie du sie mit deinen Worten erklären kannst. Übung macht die Meisterin bzw. den Meister!

Schraubenzieher	Steckdose	Stecknadel	Schubkarre
Flaschenöffner	Stricknadel	Kerzenständer	Backpulver
Fahrradschlauch	Gießkanne	Geldbörse	Mülltonne
Verkehrsampel	Hupe	Antenne	Föhn

Du kannst diese Übung auch zu zweit durchführen. Ihr könnt weitere Begriffe aufschreiben oder aus Umschreibungen den gesuchten Begriff erraten.

c) Übungen zur Beschreibung von Bildern oder Cartoons
Bilder (Fotos, Zeichnungen oder Cartoons) zum Beschreiben findest du in jeder Tageszeitung, Zeitschrift oder im Internet.
Gute Bilder ...
- sind farbig,
- zeigen Menschen in ihrem Alltag und
- bieten viele Details zum Beschreiben an.

TIPP

Vergiss nicht, ...
- in ganzen Sätzen zu sprechen.
- deine Beschreibung zu strukturieren, d. h. mit der dargestellten Situation zu beginnen und danach mit den zentralen Personen/Gegenständen fortzufahren.
- Vermutungen (z. B. über Menschen und deren Gefühle und Stimmungen) anzustellen und zu begründen.
- unwesentliche Details wegzulassen, denn du hast nur etwa eine Minute Zeit.

B 2.3 Brandenburg: Prüfungsteil 3 – Über ein gegebenes Thema diskutieren

In diesem Prüfungsteil wirst du aufgefordert, eine Diskussion zu einem vorgegebenen Alltagsthema zu führen. Dieses Thema schließt inhaltlich an die von euch beschriebenen Bilder im Prüfungsteil 3 an. Wenn du also im zweiten Prüfungsteil siehst, dass eure Bilder z. B. Menschen bei sportlichen Aktivitäten zeigen, kannst du davon ausgehen, dass ihr im dritten Prüfungsteil die Aufgabe erhalten werdet, ein Gespräch zum Thema Sport und Fitness zu führen.

Folgende Themen (*topics*) könnten dir in diesem Prüfungsteil begegnen:
- *The importance of sports and personal fitness*
- *Free time and weekend activities*
- *What makes the perfect holiday?*
- *Eating habits and a healthy diet*
- *Information technology in your life*
- *City life or country life?*
- *How to save the environment*
- *Summer or winter – what's your season?*
- *Important relationships in your life*
- *Fashion, appearance, style*
- *The impact of media*

Auch hier bietet es sich an, eine **Ideensammlung** zu verschiedenen Themen anzulegen: Was kannst du zu den einzelnen Themen sagen, welche Meinung vertrittst du zu Themen wie „gesunde Ernährung" oder „sinnvolle Freizeitgestaltung"?

TIPP

Lege zu den einzelnen Problemstellungen jeweils eine Karteikarte an, auf der du deine Meinung formulierst und gute Argumente notierst. Du wirst schnell merken, dass sich bestimmte Redewendungen häufig wiederholen. Diese Wiederholungen prägen sich natürlich schnell ein.

Es geht also darum, die eigene Meinung auszudrücken sowie Argumente zu entwickeln und zu begründen. Viele der dazu notwendigen Redemittel findest du bereits im Kapitel B 1.2 a) und b)
Die folgende **Übersicht** zeigt dir noch einmal, wie du deine eigene Meinung ausdrücken kannst.

a) Redemittel zur Meinungsäußerung

I think/feel/believe …

In my opinion …

As I see it …

In my view …

It seems to me that …

My point of view is that …

b) Argumentieren

Es reicht natürlich nicht, nur die eigene Meinung zu sagen. Du solltest dich immer bemühen, auch Gründe und Argumente aufzuzählen, die dich zu deiner Überzeugung veranlassen. Da es für viele Problemstellungen zwei Seiten (pro und kontra) gibt, bietet es sich an, eine zweispaltige Tabelle anzulegen, wie z. B. die folgende zum Thema „City or country life? Which do you prefer?"

City life	Country life
– entertainment – short distances – shopping (facilities) – …	– healthy lifestyle – close relationships – close to nature (lakes, …) – …

c) Fragen stellen

Ihr seid natürlich nicht nur aufgefordert, eure Meinung zum Thema zu vertreten und über euch zu berichten, sondern auch, euch gegenseitig zu befragen. Somit könnt ihr die Richtung des Gesprächs durch eure Fragen aktiv mitbestimmen. Es ist deshalb sinnvoll, sich im Vorfeld auch mögliche Fragen zu den einzelnen Themen zu überlegen und diese zu formulieren. Dabei lassen sich einige Fragestrukturen auf viele Themen übertragen, z. B.

- *What's your favourite … ?*
- *What do you think about … ?*
- *Why do/don't you like … ?*
- *What kind of …. do you have/like/hate/…?*
- *How often do you … ?*
- *Do you prefer … or … ?*
- *Have you ever … ?*

Wenn ihr diese drei Aspekte a) bis c) auf eurer Ideensammlung schriftlich notiert, könnt ihr sprachlich gut vorbereitet in eine Partnerübungsphase gehen. Hier bietet es sich an, Problemstellungen auf kleine Zettel zu schreiben, diese verdeckt auf den Tisch zu legen und nacheinander umzudrehen. Die daraus entstehenden Diskussionen werden zunächst noch kurz und holprig verlaufen, ihr übt dadurch aber die Gesprächsführung. Am Ende werden die Gespräche zur Routine und vermitteln Spaß an der Diskussion.

B 3 Speaking Test / Oral Exam: Beispiele zur Überprüfung der mündlichen Sprechfertigkeit

In diesem Teil findest du drei vollständige Prüfungsbeispiele, die dem Muster der mündlichen Prüfung in **Berlin** folgen. Sie verdeutlichen dir noch einmal den Ablauf der mündlichen Prüfung und geben euch die Möglichkeit, die Prüfungssituation nachzugestalten und durch wiederholte Übung mehr Sicherheit zu gewinnen. Wenn du die Prüfung in **Brandenburg** ablegst, schau dir die Seiten 102–109 noch einmal an. Dann kannst du sehen, wie die Prüfung dort abläuft.

B 3.1 Speaking Test 1

Part 1: Warming Up
Your teacher might say:

Good morning. Please come in and take a seat for your oral exam. I'm going to ask you some questions and give you some tasks. Ms/Mr X is here to listen to us and take notes.

	CANDIDATE A	CANDIDATE B
	What's your name/surname? ... Can you spell that for me, please?	
		And what about you? ... Can you spell your name too, please?
		How did you get to school today?
	And what about you? (How did you get here?)	
Answer your teacher's questions.	What do you usually do at weekends?	And what about you?
		Are you interested in sports? Which?
	And what's your favourite sport?	
	How often do you train/watch/do this sport?	
		And you? How often do you do sports?
		What are your plans for this summer?
	And what about you? What are your plans for the summer?	
	Thank you very much. That's the end of part one.	

Part 2: Agreeing and Disagreeing

Your teacher:

I'm going to describe a situation to you: Your friend has moved into a new home. Now he/she has invited you to a flat-warming party. You would like to take him/her a present. Look at the ideas in the picture below and discuss them with your partner. Together you must decide on the best present for your friend.

Part 3: Describing a Picture

Your teacher:

Now I'm going to give each of you a picture.

Picture for Candidate A:

Candidate A – this is your picture. Please show it to your partner (Candidate B) and talk about it (alone). Candidate B – you just listen to your partner.

Picture for Candidate B:

Here is your picture, Candidate B. Please, look at it, show it to your partner (Candidate A) and talk about it (alone). Candidate A – you just listen to your partner now.

Part 4: Discussing a Topic

Your teacher:

You both had photographs which showed people using a computer or a mobile phone. Now I'd like you to talk together about electronic media/gadgets today. How important are they to you? How often do you use computers, mobile phones or other gadgets? What for? What are the advantages or, maybe, dangers of modern electronic media?

B 3.2 Speaking Test 2

Part 1: Warming Up

Your teacher might say:

Good morning. Please come in and take a seat for your oral exam. I'm going to ask you some questions and give you some tasks. Ms/Mr X is here to listen to us and take notes.

	CANDIDATE A	CANDIDATE B
	Where do you live?	
		And you? Where do you live?
		When do you usually get up in the morning?
	And what about you? When do you normally get up?	
		Do you have any brothers or sisters? What are their names? (Can you spell your sister's/brother's name?)
Answer your teacher's questions.	Do you have any brothers or sisters? What are their names? Can you spell that, please?	
	What did you do last night?	
		And you? (What did you do?)
		Do you have a favourite TV programme? Which?
	And what about you?	
		What are your plans for next year?
	And what are yours?	
	Thank you very much. That's the end of part one.	

Part 2: Agreeing and Disagreeing

Your teacher:

I'm going to describe a situation to you: The end of tenth grade is coming up. Your form teacher has suggested a final day out for your class as a treat. Look at the ideas below and discuss what kind of activity would be the best idea for your class.

Part 3: Describing a Picture

Your teacher:

Now I'm going to give each of you a picture.

Picture for Candidate A:

Candidate A – this is your picture. Please show it to your partner (Candidate B) and talk about it (alone).

Candidate B – you just listen to your partner.

Picture for Candidate B:

Here is your picture, Candidate B. Please, look at it, show it to your partner (Candidate A) and talk about it (alone).

Candidate A – you just listen to your partner now.

Part 4: Discussing a Topic

Your teacher:

You both had photographs which showed people spending their free time in different ways. Now I'd like you to talk together about your free-time activities. What do you like or hate doing? Who do you spend your free time with? What about weekends? How important is going out to you? Is money an important factor in your free time?

B 3.3 Speaking Test 3

Part 1: Warming Up
Your teacher might say:

Good morning. Please come in and take a seat for your oral exam. I'm going to ask you some questions and give you some tasks. Ms/Mr X is here to listen to us and take notes.

	CANDIDATE A	CANDIDATE B
Answer your teacher's questions.	What's your surname? Can you spell that, please?	
		And you? What's your surname? How do you spell that?
		How did you get to school today?
	And what about you? How did you get to school today?	
		What do you do in your free time?
	And you? What do you do in your free time?	
	What did you do last weekend?	
		And you? (What did you do?)
		Do you have a pet? What kind?
	And what about you?	
		What are your favourite subjects at school?
	And what are yours?	
	Thank you very much. That's the end of part one.	

Part 2: Agreeing and Disagreeing

Your teacher:

I'm going to describe a situation to you: You want to spend a weekend camping with a friend and you can't take a lot of luggage. Look at the ideas below and dicuss them with a partner. Decide on a maximum of six things to take.

Part 3: Describing a Picture

Your teacher:

Now I'm going to give each of you a picture.

Picture for Candidate A:

Candidate A – this is your picture. Please show it to your partner (Candidate B) and talk about it (alone).

Candidate B – you just listen to your partner.

Picture for Candidate B:

Here is your picture, Candidate B. Please, look at it, show it to your partner (Candidate A) and talk about it (alone).

Candidate A – you just listen to your partner now.

Part 4: Discussing a Topic

Your teacher:

You both had photographs which showed people having their meals in different ways. Now I'd like you to talk together about your eating habits. What is your favourite food or meal? What makes a healthy meal? What about fast food? How important is eating out to you? How can teenagers improve their eating habits?

B 4 Redemittel und Wendungen zur Gesprächsführung: A survival bag of phrases for your oral exam

1) Expressing an opinion "I think that ..." I think/feel/believe ... In my opinion ... As I see it ... In my view ... It seems to me that ... My point of view is that ... I'm sure/convinced that ...	**2) Asking for an opinion** "I want to find out what my partner thinks." What do you think about ... (this)? What's your opinion about ... (this)? How do you feel about ... (this)? What do you think? Do you have any ideas? What about you?
3) If you didn't understand your partner "I don't understand what my partner said/means." Sorry, I didn't quite understand/get that. Pardon? Could you say that again, please? Could you repeat that, please? What exactly do you mean? Do you mean ...? Could you explain that again, please? Sorry, what was your question?	**4) Making suggestions** "I have an idea." What about ...? Let's ... I think ... would be a great idea because ... Shouldn't we ...? In my opinion we should ... Why don't we ...? I'd suggest we should ... The best thing would be to ...
5) Agreeing "My partner is right." Great idea. Brilliant. Let's do that. I (absolutely) agree with you. You're right. Of course. I think so too.	**6) Disagreeing** "I think my partner is wrong." Good idea, but ... Maybe, but I'd prefer ... I think ... would be better. I'm not sure this is such a good idea. I can see your point, but I think ... No, I can't agree with you. Sorry, but I have to disagree with you. I think you're wrong because ...
7) Showing interest in what your partner is saying "That's interesting." Really? I didn't know that. I see ... That's interesting/fascinating/amazing. That sounds good/interesting.	**8) How to buy yourself time (to think) in a conversation** "I need more time to think of an answer." That's a good/difficult question ... I've never thought about this before ... I'm not sure ... Let me think for a second ... It depends ... / Well ...

Quellenverzeichnis

Textquellen

57 Jane Jordan: „Jobben auf dem Reiterhof“: *INITIATIVE auslandszeit*, Rheda-Wiedenbrück, EJ nicht angegeben; https://www.farmarbeit.de/pferdejob-groemitz.html (verändert; Zugriff: 20.02.2023)
88 András Arató (aufgezeichnet von Chris Stokel-Walker): „My Face Became a Meme“; *The Guardian*, London, 08.11.2019; https://www.theguardian.com/lifeandstyle/2019/nov/08/experience-hide-the-pain-harold-face-became-meme-turned-it-into-career (verändert; Zugriff: 20.02.2023)

Hörquellen

78 „Radio Ad 4 – Spinoffs“: https://www.nasa.gov/pdf/404505main_DJ_PSA_trans.pdf (Zugriff: 20.02.2023)

Bildquellen

10 A: iStockphoto.com/lisafx; B: stock.adobe.com/bolderdi15; C: stock.adobe.com/Cristian; D: fotolia.com/Dan Race
12 1: stock.adobe.com/Ottoson, Jens; 2: fotolia.com/hansenn; 3: Shutterstock.com/Suriya KK
27 1: iStockphoto.com/Damir Khabirov; 2: iStockphoto.com/Deagreez; 3: iStockphoto.com/Ridofranz; 4: iStockphoto.com/stockfour; 5: Alamy Stock Photo (RMB)/du Feu, Geoff
33 stock.adobe.com/Oleg
34 Shutterstock.com/theshots.co
36 oben: fotolia.com/micromonkey; unten: stock.adobe.com/irenegreco
39 A: fotolia.com/Race, Dan; B: fotolia.com/Sanders, Gina; C: fotolia.com/benjaminnolte; D: stock.adobe.com/Vyshniakova, Diana
40 oben: A: fotolia.com/dispicture; B: fotolia.com/froxx; C: fotolia.com/PhotoSG; D: stock.adobe.com/nenetus; unten: A: stock.adobe.com/MclittleStock; B: stock.adobe.com/majorosl66
41 oben: C: Alamy Stock Photo (RMB)/De Rueda Roige, Jordi; D: Shutterstock.com/1000 Words; unten: A: stock.adobe.com/WONG SZE FEI; B: stock.adobe.com/monticellllo; C: stock.adobe.com/Lucky Dragon; D: stock.adobe.com/WONG SZE FEI
43 iStockphoto.com/David Coleman Photography
48 1: iStockphoto.com/AaronAmat; 2: iStockphoto.com/bob_bosewell; 3: stock.adobe.com/Dietl, Jeanette; 4: stock.adobe.com/kite_rin; 5: iStockphoto.com/shironosov
49 1: Alamy Stock Photo (RMB)/LJSphotography; 2: stock.adobe.com/New Africa; 3: stock.adobe.com/flashpics; 4: stock.adobe.com/dizelen; 5: fotolia.com/CandyBox Images; 6: fotolia.com/JackF; 7: fotolia.com/contrastwerkstatt
54 Alamy Stock Photo (RMB)/Oleksiy Maksymenko
55 Shutterstock.com/LiliGraphie
57 oben: iStockphoto.com/amriphoto; unten: stock.adobe.com/Countrypixel
59 oben: A: stock.adobe.com/Atkins, Peter; B: stock.adobe.com/ValentinValkov; C: stock.adobe.com/Fireworks Pixels; D: stock.adobe.com/Tosca M White; unten: A: fotolia.com/Bernd_Leitner; B: Shutterstock.com/Molchanov, Dmitry; C: stock.adobe.com/contrastwerkstatt; D: stock.adobe.com/Monkey Business
60 oben: A: fotolia.com/Haase, Nadine; B: fotolia.com/autofocus67; C: Alamy Stock Photo (RMB)/Arco Images GmbH/Lacz, G.; D: Alamy Stock Photo/Cultura RM; unten: A: fotolia.com/nakedking; B: Wefringhaus, Klaus; C: iStockphoto.com/clubfoto; D: Shutterstock.com/Black, Ruth
66 1: iStockphoto.com/nilimage; 2: iStockphoto.com/Poike; 3: Thinkstock/Purestock; 4: Thinkstock/Siri Stafford; 5: stock.adobe.com/contrastwerkstatt
71 iStockphoto.com/nndanko
72 iStockphoto.com/mashabuba
74 oben: stock.adobe.com/alexlmx; unten: fotolia.com/Brian Jackson
76 links: A: Shutterstock.com/New Africa; B: Shutterstock.com/Charuthas, Chanasorn; C: stock.adobe.com/Schubbel, Carola; D: Shutterstock.com/Kruklitis, Ingus; rechts: A: stock.adobe.com/Angelini, Davide; B: Shutterstock.com/Haritonenko, Ann; C: Shutterstock.com/F8 studio; D: Shutterstock.com/Look Studio
77 links: A: Shutterstock.com/Tuan Anh Vu; B: Alamy Stock Photo (RMB)/Azenha, Sergio; C: Alamy Stock Photo (RMB)/trekandshoot; D: Shutterstock.com/Artazum; rechts: A: Shutterstock.com/Thompson, Leah-Anne; B: Shutterstock.com/Ozerov, Aleksandr; C: Shutterstock.com/fischers; D: Shutterstock.com/rocharibeiro
79 1: stock.adobe.com/etemwanich; 2: stock.adobe.com/elypse; 3: stock.adobe.com/MN
82 1: stock.adobe.com/AS Photo Project; 2: stock.adobe.com/Ranta Images; 3: Shutterstock.com/WMaireche; 4: iStockphoto.com/Ranta Images
83 1: stock.adobe.com/contrastwerkstatt; 2: Shutterstock.com/Seuret, Francois; 3: Shutterstock.com/Andrea Izzotti; 4: Shutterstock.com/Sopotnicki; 5: Shutterstock.com/tateyama
84 1: iStockphoto.com/Getty Images; 2: stock.adobe.com/Markus Eisenlohr; 3: Alamy Stock Photo (RMB)/Jackson, F. Jack
88 Shutterstock.com/StockLite
111 von links oben nach rechts unten: 1: stock.adobe.com/womue; 2: fotolia.com/dispicture; 3: iStockphoto.com/VisualField; 4: fotolia.com/marcus_hofmann; 5: stock.adobe.com/peterschreiber.media; 6: iStockphoto.com/MorganLeFaye; 7: fotolia.com/arthurdent; 8: stock.adobe.com/Schmidt, Bernd; 9: stock.adobe.com/AR
112 1: stock.adobe.com/fizkes; 2: fotolia.com/JackF
114 von links oben nach rechts unten: 1: fotolia.com/Syda Productions; 2: stock.adobe.com/Andrey ZH; 3: stock.adobe.com/Monkey Business Images; 4: stock.adobe.com/Henry Czauderna; 5: Shutterstock.com/Monkey Business I; 6: stock.adobe.com/imagesetc; 7: stock.adobe.com/industrieblick; 8: stock.adobe.com/serhiibobyk; 9: stock.adobe.com/grafikplusfoto
115 1: fotolia.com/wildworx; 2: Alamy Stock Photo (RMB)/Gasson, Adam
117 von links oben nach rechts unten: 1: Shutterstock.com/supparsorn; 2: Shutterstock.com/izikMD; 3: stock.adobe.com/Wavebreak Media; 4: Shutterstock.com/spaxiax; 5: fotolia.com/Jens Ottoson; 6: stock.adobe.com/Kraskov, Veniamin; 7: stock.adobe.com/artbox_of_life; 8: stock.adobe.com/Pixelot; 9: fotolia.com/VRD
118 1: iStockphoto.com/Roman Tiraspolsky; 2: fotolia.com/Monkey Business

Illustrationen: Hans-Jürgen Feldhaus, Münster (5, 19, 20, 21, 22, 23, 39, 42, 43, 44, 59, 61, 62, 63, 75, 78, 79, 80); Andrea Dölling, Berlin (85); Ulf Marckwort, Kassel (86) westermann

FiNALE Prüfungstraining

Berlin und Brandenburg

Mittlerer Schulabschluss / Erweiterte Berufsbildungsreife

2024

Englisch

Lösungen

Lösungsheft zu 978-3-07-172487-7 6990061

TRANSKRIPTE

A 2 Angeleiteter Test 1

Seite 19
Track 1: Travelling by Train – Travel Announcements

Announcement 1: At the station
This is an announcement for passengers travelling on the 15.25 service to Manchester Airport. Due to a signal fault this train service will be delayed by approximately 20 minutes and is expected to leave at 15.45 from platform 8. We apologise for any inconvenience.

Seite 20
Announcement 2: On the train
Welcome on board this Virgin train service to Manchester Piccadilly. This is James, your on-board chef speaking. We'd like to inform passengers that the restaurant is now open. We offer a wide selection of light snacks, sandwiches, soft drinks, tea and coffee. Our special "meal of the day" is delicious roast chicken breast with rosemary potatoes and salad with a soft drink of your choice for only £ 4.99. You'll find our restaurant car at the front of the train. Thank you for your attention. Enjoy your journey.

Seite 21
Track 2: Radio Ads
Radio Ad 1
Never been to one of the world's greatest rock festivals? Missed out again? No more tickets? Not enough money? – You can be there anyway! Glastonbury Festival is looking for hundreds of volunteers every year. Work as a gate steward, a campsite warden or in the cleaning team. If you have valid medical, paramedic or first aid qualifications you can also join Dr Howard's team of medical volunteers. For more information go to glastovolunteer.co.uk now. See you there.

Radio Ad 2
Not again! Construction work! I'm gonna be late! Always the same – cars – cars – cars. And then I have to spend millions of dollars on gas!

You don't need to face this everyday! Go to rideshare.gov.com and find your carpool buddies today! Save up to 50% of your commuting costs, travel with nice people every day and reduce the traffic on our roads. Join your local rideshare program today!

Radio Ad 3
They've been around for thousands of years. For example knights wore them in King Arthur's times so that their heads didn't get hurt with all the fighting. And today helmets are still used for all kinds of cool stuff. Hockey players, motorcyclists, horseriders, cricket batsmen, skateboarders, breakdancers – they all wear one. So what makes your head so different when you get on your bicycle? Only going for a short ride? Well, even on a short ride you can have a bad fall. So stay safe and protect your head.

Radio Ad 4
1) Oh ... I must have been snoozing for over an hour ...
2) Come on, you've been sitting here and staring into space for the best part of an hour!
3) Uh ... I've been watching this film for over an hour and I still don't know what's going on ...
4) I really wish, I'd taken the train and not the car. I would have been home at least an hour ago ...
How often do you waste an hour? So why don't you give us an hour of your time instead? Call 0800979797 or go to childreninneed.com, sign up and get a green collecting tin for one hour. The money you collect in this one hour will help children all over the world to better healthcare, a better education and a safer, happier life. So don't waste your time, just sign.

Seite 22
Track 3: The Summer Holidays
Student: Stuck at home over the summer holidays while your friends have gone away? Don't panic – you can still have a fun time yourself. Here are some of my friends with their ideas of what to do in the summer holidays.
David: I'm David. Why not start your first garden? You might think gardening is just for old people, but actually it's perfect for teens. It lowers your stress level and gives you something to be proud of when everything else in your life is going crazy. And you'll enjoy the nice weather at the moment. Talk to your parents about choosing a small bit of the garden for your use.
Tina: Hi, I'm Tina. It's definitely a bit girly, but I like having a health and beauty day. Get out the candle, put on some relaxing music and start off with a luxurious bath. You'll feel totally relaxed afterwards. Oh yeah, don't forget to tell your younger brother to go out on that day.
Michael: My name is Michael. What about waking up late and having a brunch with one or two close friends? Brunch, you know, that mixture between breakfast and lunch. Don't spend all your cash in in a restaurant. It's cheaper at home. Do it yourself. Try out these recipes: pancake banana splits and cheesy French toast with ham. You will have a great time with your friends.
Becky: My name is Becky. I do yoga and I really love it. I can hear you say: "Oh no, not yoga", but you will change your mind once you get in the mood. It's good for your body and great for reducing stress. All you need are some comfortable clothes and a quiet place. With a "Yoga for Beginners" DVD, you'll feel like a new person.
Tom: My name is Tom and last year I did some volunteer work outside. There are loads of reasons for doing some. You'll meet new people, get into great shape and get a great suntan. It might even give you an idea of what you want to do later on in life.
Karen: My name's Karen. Why not give your bedroom a now look? It's a big project, but once you get started, it's enjoyable. Take a look around your bedroom and make some changes that will make you happy. You can start by painting the walls in a different colour or by moving some furniture.
Student: As you can see, there is no reason to be depressed just because you are not going on holiday. There's loads to do, and most of it doesn't cost a lot.

Seite 23
Track 4
Listening Part 4: World Animal Day – Going Veggie?
Presenter: Good morning, everybody here on Radio 4. Today is October the 4th – and this happens to be World Animal Day. So on today's show we'd like to have a fresh talk on the old topic: "Eating animals – yes or no?" And with me are Amber, Dylan and Connor – three students from the local community college. Let's go straight into our discussion. Are any of you vegetarians or vegans?
Amber: Yes – I'm a vegetarian.
Presenter: And what about you two?
Connor: No, no ... I'm not.
Dylan: And me neither, really ...
Presenter: Amber, you're the only one here who doesn't eat meat. So tell us, when did you stop?
Amber: Well, I think I was about seven. My uncle has this farm in Suffolk and I stayed there on holiday. Being with all those animals, playing with them, seeing them as friends almost ... and then eating them. I couldn't. So I just stopped eating meat.
Presenter: What about your parents? Were they worried or upset? Did they say anything about you going vegetarian?
Amber: That wasn't much of a problem or a change. My mum had always been into healthy eating, so we didn't eat meat very often anyway.
Connor: So your parents just let you be a vegetarian?
Amber: Yes, they did. My mum even gave up eating meat with me.
Connor: That's crazy. Meat is good for you! And at seven you are still growing. Your body needs all the vitamins and protein from the meat.
Dylan: Well, actually there are other foods that provide all this ...
Connor: But let's face it. Human beings are meat eaters, aren't they? I love my steak and my burger ... wouldn't want to be without them. Hhmm ... just the taste ... and the texture ... It's so much better than eating potatoes or salad ...
Amber: Oh! That's so close-minded, Connor! There is much more to a vegetarian diet than potatoes and salad ... Anyway, have you ever seen how these animals are kept in huge factory farms? And how they get killed? It's worse than any horror movie! That can't be right!
Connor: But that's the way it works. Animals kill and eat each other in the wild, too. So it's quite natural.
Dylan: Actually, it isn't, Connor. I have to agree with Amber here. I recently watched a documentary about turkey farms. It was awful. The turkeys can't reproduce; they can't even move around! All they're supposed to do is grow fat fast, to be killed as soon as possible. There's nothing natural about that!
Connor: You are talking like a vegetarian now, Dylan. Didn't you say you eat meat?
Dylan: I do. But I try to avoid factory-farmed or mass-produced meat. Nowadays you do have the choice in most supermarkets and, of course, if you go to your local butcher's, you can get meat that was produced organically, on smaller family farms. That's what we do at home.
Connor: But the animals still die ... and meat like this is a lot more expensive.
Dylan: Not that much more. And eating less meat is healthier anyway. Most studies say that you shouldn't eat meat more often than once or twice a week.
Amber: That's true. But it's even healthier to give it up completely. You reduce your risk of obesity and heart problems massively. And don't forget about the environmental impact of eating meat. A plant-based diet would cut greenhouse gases by over 50 per cent! So eating less or no meat means not only saving animals but also the planet!
Dylan: Well, Amber, that's a very good point, but I don't think it's that simple. Some people might find giving up meat too difficult. I think there's a middle way. We just have to show more interest in how our meat and dairy are produced and then make an informed decision when we buy these products.
Connor (cuts in): I'm not sure my mum has got the time to do a whole research project before she buys our steaks!
Amber: Connor! Come on! Be serious! It's not that difficult. You just read the label or ask. And anyway, there are lots of new and tasty vegetarian options out there. Even for your burgers. Don't be such a dinosaur and give it a try!
Presenter: I can see there's a lot to talk about here. But now it's time for a short break. We'll be back in a minute and ...

A 3 Angeleiteter Test 2

Seite 39
Track 5: Voicemail Messages

Voicemail Message 1
Wow! Just saw the photo. Can't believe you've finally passed it! Three times lucky, mate. Congratulations! So no accidents this time? And the reverse parking went all right? Well, it was about time after two failed tests. So why are you not answering? Out on your first drive alone in your dad's car? Well, have fun and drive carefully. I suppose we can do our little drive to the sea together soon.

Seite 40
Voicemail Message 2
Hi, sis. Hope you are fine. Got your message and I just want to let you know that I think your present idea for mum is great. Go ahead and buy it! I had been thinking of one of these luxurious cakes with lots of decoration and candles. Or a really nice bunch of flowers with some chocolates. But your idea of a wellness voucher is much better. She's watching her shape more these days anyways and constantly worries about putting on weight. Maybe we could put together an exotic fruit basket and put the voucher in it. Let me know what you think.

Voicemail Message 3
Hi! I am just sending you a picture of our new meeting point before the match tomorrow. Jed is worried we won't find one another in front of the stadium because there will be loads of people. He's coming in by train, so it's

best if we all meet just outside the train station in front of the chicken shop. It's at the station entrance. From there, we can walk to the bus stop together and get the shuttle bus to the stadium. But we should meet at two o'clock instead of 2.30 because it takes twenty minutes on the bus and we want to make sure we get into the stadium before the kick-off at 3. See you tomorrow.

Seite 42
Track 6: Radio Spots
Radio Spot 1
Woman: Have you seen this girl, please take a look.
Man: No, sorry.
Woman: Sir, have you seen this girl ... She's got short blonde hair ... is not very tall ...
Man: I'm sorry, no.
Woman: Please, look at this picture. Have you seen her? She lives somewhere around here ...
Woman: Every year 800,000 children go missing in the US. They could be right in front of you. Maybe you can help find them. If you think a child looks lost or matches a description from a missing child poster then, please – take a closer look! Don't wait. Make a 911 call or contact your local police station immediately.

Radio Spot 2
Girl 1: Look at her lips. They're the perfect shape. If I had lips like those, I'd wear lipstick every day. I wish my hair was like hers as well. I spend hours every morning and I still look a mess. And then she's got this awesome outfit ... (sigh) ... but not for me. You'd need really good legs to wear this.
Boy 1: Wow, look at that house. Ben's really made it. I hope one day I'll own a big place with a pool like that. No wonder everyone seems to be having the time of their life at this party. I wish I'd been invited.
Girl 2: They must be such great friends. The way they're smiling into the camera. They even look like sisters. I'd like to have a close friend like that. And to be lying on this lovely beach in – where? – Hawaii ... I wish my life was that perfect!
Voiceover: Feeling inadequate? Comparing yourself again? Don't be fooled by social media. Not everything is always as it seems. Stop looking at the perfectly filtered and have fun with your own life!

Radio Spot 3
I really must visit James tomorrow. I haven't seen him for a week. He's so sweet and I think I almost miss him. Adoption somehow made me feel more responsible for him. It feels strange when I see my name on the notice board next to his pool area. I think James even recognises me ... Maybe I'm just imagining that, but he always waddles towards me when I'm there. Sometimes they let me feed him and his friends, too. And it's good to know that I'm helping a bit.
Voiceover: James is an emperor penguin at Southport Zoo. You can help keep your local zoo alive by adopting an animal from as little as £ 35 a year. Get more information under animalparent.com.

Radio Spot 4
Come to our third Arts and Music Festival at the Market Square Community Hall, August 24th and 25th starting at 10 a. m. till midnight. Two days of live performances by top local musicians, bands and theatre groups. With our specially organised fantastic arts exhibition it is also a unique visual experience! See you there – don't miss it!

Seite 43
Track 7: A Great Barrier Reef Day Cruise
Good morning and welcome on board. My name is Cameron and it's great that you've decided to come on a day cruise around one of the greatest natural wonders of the world – the Great Barrier Reef.
It's 7.30 a. m., right on time and we are going to set off now. Last chance to hop off ... get something from the car ...? No? Well, we're gonna be back here at the Marlin Jetty in Cairns at around 7 p. m. anyway, so don't worry. Ah. OK, We're moving. Actually, we're gonna go at dolphin speed, so keep your eyes open, there will be some schools of fish and dolphins following us. At this speed it'll take around two and a half hours till we get to Hastings Reef for your first diving experience, so there's time for me to give you some general information about the Great Barrier Reef and Tom, our diving instructor, will introduce you to all necessary scuba diving procedures and safety instructions.
Now – you are about to experience one of the seven wonders of the world, the largest coral reef system in the world – in fact, the largest living structure on earth that can actually be seen from space. Yes, a living structure because coral is actually not a sea plant but an animal. When different corals grow and join together, a reef forms. Since the beginnings of this reef many thousands of years ago, sea levels have varied greatly. Coral can't survive out of water, so, if the sea level sinks and exposes a living coral reef, then that reef will die very quickly. If the sea level then rises again, new coral reefs will form on top of the old ones, and so the whole system starts over again. This cycle happens over thousands and thousands of years and you can see the results now. With a length of over 2,000 kilometres, around 3,000 separate reefs and over 900 islands, this is by far the world's largest ecosystem of its kind. You'll find an unbelievable variety of species here: over 1,500 different species of fish, 350 different types of coral, many different kinds of whales and dolphins, sea turtles and so much more.
When we get to Hastings Reef you'll see all this rich and colourful sea life under water. If you don't want to try scuba diving, you could take a trip in our glass-bottom boat instead and see this underwater animal kingdom safely from above. I expect we'll see the world's largest fish – the whale shark. It's quite common around here. And don't worry, it's sort of vegetarian and only eats plankton – not scuba divers.
The Great Barrier Reef is not only home to all this amazing sea life, it also provides many people in the area with work and an income through fishing and tourism. Every year over 1.5 million tourists visit the reef. That's what's giving me a job too – as you can see. But it can also damage and destroy the reef if we're not careful. Remember, the reefs are very delicate. So when you're down there, do not touch the coral and don't stir up the sea bottom.

That can damage or destroy the coral. If you later decide to buy coral or other reef souvenirs, check with the store that they've been collected responsibly so you know that the reef wasn't harmed in any way.
Right. My time is up. I'll hand you over to Tom, who'll tell you everything you need to know to stay safe under water.

Seite 44
Track 8: Teenage Ganglands
Presenter: Recently not only London has seen a growing number of teenage stabbings and violent knife attacks. Reports say there are over 150 active youth gangs in different London neighbourhoods. So today I'd like to discuss the issue with our studio guests. There is Matt, a journalist, who's written a book about teenage gang culture. There's Edna, mother of a thirteen-year-old son from Hackney, and Pauline, who used to be in one of the most notorious East End girl gangs. Welcome.
All: Hi/hello.
Presenter: Let's start with you, Pauline. How old were you when all this started?
Pauline: I was 13. My dad had left some months before – and I just didn't get on with Mum's new boyfriend. He shouted all the time. So I started hanging out with the girls all day, only went home to sleep. I suppose that's how I joined the gang.
Matt: That's typical. Usually it starts around the age of 12. Kids spend more time with friends and the parents have no clue.
Presenter: Edna, that is one of the reasons you've joined us today – you are getting worried about your 13-year-old son, Jamie, aren't you? Tell us a bit more.
Edna: Well, I am worried about him. When I read the paper and see all this stuff about teenage fights, boys killing one another or getting stabbed, I wonder if Jamie could be one of them. He is out quite often and never talks about the things he's up to.
Presenter: Matt, are there any signs parents could look out for? How can Edna know if Jamie is in a gang or not?
Matt: Well, it's not that simple. Teenagers not spending very much time at home is quite normal. Many teenagers are out and about a lot, so that wouldn't worry me too much. At that age kids also start doing their own thing a bit and don't want to tell their parents about everything.
Edna: But there are other things ...?
Matt: Yeah, if you notice that he's suddenly wearing different clothes, for example, always the same colour schemes or clothes with certain symbols on, that's one thing ... Then, when a teenager suddenly changes all his friends – that's a warning sign ... and, of course, money.
Presenter: Pauline, was it like that with you?
Pauline: Well, a bit. At first it didn't really feel like a gang. We were friends, we were there for one other. For me it felt more like a family than back home. But we always needed a kick. So we started going into shops, stealing little things like lipsticks or CDs. We enjoyed the adrenaline kick and having the little extras.
Presenter: But it got worse?
Pauline: Yes, it got violent. There were fights. Although, I personally never used a knife or anything like that, but I had stones or bricks. We would smash windows, cars, steal money. It made us feel powerful. We could let out all this anger and aggression. ... By the way, Edna, do you and Jamie fight a lot? Does he have new things like mobile phones or stuff you can't explain?
Edna (thinking): No ... not really. We don't fight. And I can't remember seeing any new gadgets around. He's just gone really quiet.
Matt: Then I wouldn't really worry too much. Just keep an eye on him.
Pauline: Yeah, don't worry and don't be a control freak. Teenagers need a bit of space and freedom.
Matt: You're right, Pauline. But you haven't told us yet – how did you get out?
Pauline: I went to prison.
Edna: You went to prison?
Pauline: Yeah. I spent eight months in prison for serious robberies. There I did my GCSEs and learned a lot. That ... the people I met in prison made me think and understand. I wanted different things from life.
Presenter: So what do you do now?
Pauline: I'm training to be a classroom assistant for junior schools. And sometimes I also do projects in the local community centre, where I talk to teenagers about my experience.
Presenter: That's fantastic news. And we are at the end of our show today. Thanks to all our guests for sharing their experiences and thanks to you for listening.

A 4 Test 3

Seite 59
Track 9: Voicemail Messages
Voicemail Message 1
Oh, you're not answering ... Well, if I were you I would opt for the black high heels. The ones that are open at the front, like sandals. I think they would look fantastic with your dress. I know you like the white sneakers, but it's a wedding, not a fitness club, and we should make a bit of an effort. The boots are not bad, but Jess is getting married in July, so I think you would be too hot in them. Anyway, the high heels are more striking and you want to look a little glamourous. No too glamorous, of course, wouldn't want to upstage the bride ... Well, you wanted to know what I thought ... Your decision, though ...

Voicemail Message 2
Just ringing to say 'Get well soon', mate. I saw your post. How did that happen? Was it your snowboarding trip last week? I told you to be careful. Anyway, lucky you it's only the left one. You are right-handed, arent you? At least you can write the exams next month. Wishing you all the best and give me a call anytime. I'd like to know how you're doing.

Seite 60
Voicemail Message 3
Oops! Sorry, this picture wasn't for you. I meant to send you a picture of my cool new bike. Instead you got a picture of my brother's dog. Well, it's quite a big one, as you can see – a rescue dog called Timmy. We took it to the beach yesterday and that's where this photo is from. Anyway, you'll see my new bike tomorrow since I'll be riding it to school.

Voicemail Message 4
Hi, Zoe. Can you please remember to bring the little candles, the round baking tin and the baking powder this afternoon? I've got the flour, sugar, chocolate and all the other ingredients for the cake. I hope we will be OK. I've never made a birthday cake before. But I'm sure Sarah will like it. Especially if we manage to put a unicorn on top. She loves unicorns. Silly, isn't it? See you in a bit ...

Seite 61
Track 10: Radio Spots
Spot 1
And we have another great day of sunshine ahead – isn't this just another glorious Australian summer? But before you head to the beaches – don't forget: every year 400,000 Australians get diagnosed with skin cancer. So there's nothing healthy about a suntan! Your skin won't forget, so you shouldn't forget your skin! Protect yourself and your children! Slop on the sunscreen and cover up whenever you go outside.

Spot 2
Over three quarters of the world's population can't speak English. There are over 6,000 different languages spoken in this world. Speaking the language is the key to understanding other people and other cultures.
Today basic foreign language skills are needed in many different jobs because many companies have global connections and offices in other countries.
Travelling is easier and much more fun when you speak the language.
Learning a language keeps your brain fit and stops it from aging too quickly. The world speaks in so many languages! So don't limit yourself to just one of them!

Spot 3
Voice 1: This is so beautiful. I couldn't think of a better place to be and just breathe ... Ouch! What on earth is that? Glass? Oh no ...
Voice 2: Are you OK?
Voice 1: Yeah, it's just so annoying. Look! There is even an old tyre lying over there. And all these cans ... This beautiful place will be spoilt for good soon. *[sighs]*
Voice 2: There's nothing you can do. Some people are just so selfish. *[fade out]*
Voice-over: Maybe there is something you *can* do.
No plans for Sunday, 25th of June? Then save the date and join us for our local Pick-Up Day at Formby Beach. Bring a bin liner and wear your wellies. Let's set an example and make our beach our own again. Sunday, 25th – 10 a.m. – Formby Beach. See you!

Spot 4
I get locked in a dark box for hours. They know I don't like it but what can I do?
My owner beats me every day.
My owners left me alone and hungry in a car park at night. They didn't want to take me on holiday.
I never get out. They kick me around with their feet. I have to use the balcony for my morning toilet. I know, it's a dog's life, but ...
If you see or know of an animal getting beaten, tortured or treated badly, call Animal Rescue under 080078785.

Seite 62
Track 11: A Travel Podcast – Welkommen to Berlin
This is another episode from our travel podcast series, *Places with a Difference*.
And today we'll give you a rest from urban stress and noise – a day in beautiful countryside, a peaceful and quiet rest. We'll show you a place that is home to around 180 people and has probably looked the same for over a hundred years. This place is Berlin ... Berlin, Ohio, that is. Berlin is an old village in the heart of an area called the Amish Country in Ohio, a state in the Midwest of the US. It was founded by a man from – of course – Berlin, Germany in 1812.
Berlin is a wonderful place to visit. It is home to one of the largest Amish communities in the country. A lot of tourists come to Berlin every year. It offers outstanding scenic beauty and an interesting insight into the Amish lifestyle, which is generally very simple and traditional. So compared to modern cities, life in Berlin, Ohio, is rather slow. As you'll see, it's like the past coming to life: horses on the streets, farmers in the fields, children playing in the yards. The Amish always wear plain, simple clothes, men have beards and – be assured – if you happen to see people using mobile phones or computers, they can only be tourists.
Forget about your car. Transport is no problem – you get around on foot, horseback or in a horse-drawn buggy. This way you can visit local farms and enjoy the fresh local produce. There are also many local arts and crafts stores. The Amish are famous for their traditional workmanship. So you will find really solid furniture, hand-made from different woods, hand-made clothing and, of course, don't forget to visit the local butcher's or a bakery. You shouldn't leave Berlin without tasting their special apple pie.
Many visitors don't know that most Amish don't really learn English before they start going to school. Yes, English is their second language. Their native language is Pennsylvania Dutch, which sounds like a mix of old German or Swiss dialects.
So why did the Amish come here to the US? Well, they came in the early 19th century and settled in various areas of Pennsylvania, Indiana and Ohio. They left Europe because they were searching for freedom – mainly religious freedom and freedom from military service. They have always been very peaceful and didn't want to become soldiers in Europe. Of course, they were also looking for good farmland. And all this they found here.
If you're interested to learn more about the Amish lifestyle or Amish history, you should go to "BEHALT", the Mennonite information center. Behalt comes from the

German word "behalten", which means to keep or to remember. There you can look at old pictures or documents and find out more by talking to the local guides. Listening to this podcast, you might think Berlin is very difficult to get to. Well – it's not. It's only about 300 miles – in other words, a day's drive – from Chicago and there's a regular Greyhound bus service which stops in Berlin, Ohio. So take time out – in Berlin, Ohio.

Seite 63
Track 12: Taking Time Out
Presenter: Hi everybody and welcome to Radiotalk on a beautiful Monday morning. It's June, school is about to break up and some of you might be coming towards the end of your last year at school – great feeling, isn't it? What's next? A job? University? Or maybe something different? On today's show we'll be talking to some people who took a year out after school – a so-called gap year. So, here with me are Jacob, Sarah and Katie – all waiting to start university in the autumn. And they're going to talk to us about their experiences last year. Hi – nice to have you here.
All: Hi/Hello.
Presenter: So, can you just quickly tell our listeners how you spent last year?
Katie: I had a year in Portland, Oregon. I was working as a good old fashioned au pair in a family with two small kids.
Jacob: I did a travel and work year in Australia.
Presenter: And you, Sarah?
Sarah: I actually took part in a six-month volunteer programme in Mozambique. I was working in a community centre there.
Presenter: Wow – so three completely different years ... And? Would you do it again? Would you recommend it to our listeners?
Katie: Most definitely. Yes.
Presenter But you were working as an au pair ... isn't that quite hard? And sometimes you hear stories of au pairs being treated like modern-day slaves.
Katie: No way ... It was great. I felt like part of the family. Of course, I played with the kids, drove them to school, did a bit of housework ... but the host family took me round, showed me America, took me to Hollywood and San Francisco. The things I saw and learned in a year – I feel so much more confident now.
Jacob: Yeah, that's it ... after all this time at school, years of being told what to do by your parents, your teachers, studying hard ... suddenly you are out there on your own, far away from home and you meet people, and you learn – fast. You find out a lot of things about yourself. I went all around Australia; I worked on farms, in a diving school, on a nature reserve, in a hospital.
Presenter: But did you have time to travel?
Jacob: Of course, that's the idea. You work, earn some money and then you travel. That way a gap year works out much cheaper. It costs a lot less because you can finance yourself through your own work.
Presenter: That's interesting. Let's ... let's talk about cost. What about your time in Mozambique, Sarah? Was it expensive?
Sarah: Well, not when I was there. Living costs were low. But my flight was expensive and my parents had to pay a large volunteer fee to the agency which organised the programme. I suppose all that cost about £ 2,500.
Katie: That's quite a lot! Although, my parents had to pay something, too. There was my flight, for example. But that was about it. When I started work for my host family, I got regular pocket money from them and they even paid for my driver's licence and for membership of a local fitness studio in Portland. I had such a great time. I miss the family and all the other people there, really.
Jacob: I'm really surprised to hear that, Katie. Some friends of mine were au pairs and had a bad time. They all said they felt really lonely.
Katie: I didn't. I got involved at the fitness studio. I helped to organise some events and so on. It was great. I'm still in touch with a lot of the people I worked with.
Presenter: So, Katie and Jacob. Your gap year was a success, wasn't it?
Jacob and Katie: (both together) Yeah/Absolutely.
Presenter: And what about you, Sarah. Was your year a success?
Sarah: I'm not sure it was – to be honest. It was very interesting to experience another culture but – how can I explain this? My job was to help a teacher in a village school. But things weren't well-organised. I don't know if I really made much difference during my six months there. I hope I did, but I'm not so sure.
Presenter: Well, that's all we've got time for now. I'd like to thank all of you for this discussion. And, if any listeners ...

Originalprüfung 2022

Seite 75
Track 13
Listening Part 1: Voicemail Messages
Message One
Oh Daisy! Of course, I mean, why am I even surprised? You know, normal cats sleep all day, chase birds in the garden, or you know, just hang out. But of course, that's not our Daisy! I mean, who does she think she is? A hen? Surely, this can't be comfortable. Well, I hope she isn't breaking any of them, I do want to make pancakes in the morning. Bless her!

Message Two
Yep! That's perfect! Love it! You totally look the part. I'd hire you straight away if I were your future boss. You know, you're not overdressed. I mean it's not like you're being interviewed to become a banker. You look smart, but not too smart. You know what I mean? The little bag shows you have a sense for accessories. That's what they want to see in a fashion store. I'm not so sure about that cap though. I'd take that off.

Message Three
Come on, enough now! I mean how many ideas for your room have you already sent me? Ok ... I do like it ... even though ... isn't it a little plain? – Although I like that it's very bright. And I'm so glad you want to dump your kitschy bed ..., but the thing with you is, ... you're really messy. I mean, I'm sorry to say this but you're never gonna keep your room that tidy. There's always clothes and stuff lying around. I mean, where are you going to put it all? All your caps and so on? No, sorry, you need something with more storage space.

Message Four
Oh wow! What a spot! This looks just amazing! How did you even get up there? Is it one of those places that steps lead up to? Considering my fitness level at the moment you'd probably have to fly me up there. Aww, you know me, I'd choose a lift over stairs any time. Anyway, as beautiful as this spot is, I can't help feeling a little nervous seeing you there. I mean, what if it breaks off or you slip? You crazy thing!

Seite 78
Track 14
Listening Part 2: Radio Ads
Ad 1: Holidays
Voice-over: Isn't it always the best time of year? All your loved ones around the table? Great food, lovely smells, thoughtful gifts, the atmosphere, spending time together? What a great time for celebrating love, family, friendship ... *(jingle stops)*
But it's not like that for everybody. So why don't you give a little time? Our project "Santa's Helpers" is looking for people to visit nursing homes and hospitals and spend some time with those who are without loved ones during this season. Just give them a little bit of your attention and conversation; share laughter, compassion and thoughts. We will assist you in joining an experienced team or organising your own group by bringing like-minded people along. Start giving now and you'll also make your own life richer.

Ad 2: Campfire
Girl: Hmm, yummy, this is honestly the best hotdog I've ever had. And it's so romantic. Nothing really beats a campfire like this. Do we have any marshmallows? I could do with something sweet.
Boy: *(rustling in backback)* Yeah, there's a whole bag of them here. But why don't we have a swim in the lake before dessert? It'll be great with the moon and all.
Girl: And what about the fire?
Boy: It'll be fine. We'll only be gone for a few minutes.
Girl: I don't think so. There might be sparks flying about that could start a wildfire and burn this whole beautiful place down. And then we'd be to blame and get the bill for all the damages.
Boy: All right, all right, I get it. Let's roast some marshmallows now and have a swim tomorrow morning.
Voice-over: That's right: your fire, your responsibility. So: keep it safe!

Ad 3: Relay Race
Reporter: Congratulation Luciana, your team has won the 400 m relay. How do you feel?
Girl: *(breathing heavily)* Oh ... sorry, can't breathe. But I'm feeling great, thanks!
Reporter: I'm sure it was hard: the heat, the pressure. How do you do it?
Girl: I often ask myself, usually in the middle of every race and every training session: "Why am I doing this? This is so hard." But it's only for a few seconds. ... I so much want my team to win. I want our colours to be on the podium. I want to make everyone proud, my classmates, my teachers and my little brother, when he's a fresher here next year.
Voice-over: Be an active and responsible part of your community. What could be your contribution? Go ahead and inspire!

Ad 4: Spinoffs
Hey, this is Dwayne Johnson. While playing astronaut Chuck Baker in the film *Planet 51*, I gained a lot of respect for our nation's space program. NASA makes new discoveries about our universe every day but one of the coolest things about NASA is that technologies it creates for exploring space are also improving life here on Earth. NASA technologies can be found everywhere, from the soles of your shoes to the freeze-dried fruit in your cereal. These technologies, called "spinoffs," help doctors heal patients with heart problems, scientists track rare animals and firefighters and police officers and soldiers stay safe on the job. Space technology has even helped Olympic swimmers win gold medals. All of these spinoffs began as innovations for NASA missions, like the space shuttle, the Hubble Space Telescope and the International Space Station. You don't have to be an astronaut to trace space back to where you live. Visit NASA.gov to learn more about how NASA technologies play a role in your life. [...]
Source: https://www.nasa.gov/pdf/404505main_DJ_PSA_trans.pdf (accessed on 11 February 2023)

Seite 79
Track 15
Listening Part 3: Donating to the Needy
Number One
Hi! My name is Nicholas, I live in Rhode Island in the United States, and when I was 12 years old, I started a charity organization called the Gotta Have Sole Foundation. Our aim is to donate sneakers, brand-new sneakers to homeless kids across the country.
Early on I got to know a brother and sister who had to share the same pair of shoes. One of them would wear the shoes and go to school one day, and the other would stay at home. And the next day they'd switch, taking turns going to school every other day. What was worse for the boy: the shared pair was a pink, sparkly pair of girls' shoes. It was very embarrassing for him. Well, I had plenty of shoes, so I gave the boy a pair of my sneakers so that he could have his own and he and his sister could go to school together. You should've seen how happy he was!
Today, I operate Gotta Have Sole out of my family's garage at home. It's full of new shoes donated from shoe companies and shoe stores.
Anyway, it's been a long road, and last year, we reached a big milestone: we have now helped over 100,000 children throughout the U.S. Our next steps include organizing sports tournaments to raise money for new shoes and providing after-school programs for homeless youth. Our goal is to serve as many children living in homeless shelters in the U.S. as we can.

Number Two
Hi there! Welcome to Katie's Krops. I'm Katie Stagliano, founder of this great organization. Looking around, you can probably guess what we do: Katie's Krops donates vegetables to the hungry. In particular, we aim to empower youth to grow vegetable gardens of all sizes.
The idea for my charity organization came to me when I was in the 3rd grade. In my backyard I grew a 40-pound cabbage in my vegetable garden. It was quite a harvest but it was too much cabbage for a family. So I donated the cabbage to a local soup kitchen, where it fed 275 guests from our community here in South Carolina. The experience was truly moving and I decided to start Katie's Krops.
Today we are lucky to have lots of sponsors who support our cause. We educate young growers to ensure that they have the know-how to grow successful and environmentally-friendly gardens. Now we can proudly say that we have helped grow more than 100 youth-based gardens in over 30 US states. For our volunteer work we've won several awards.
So, yeah, we've been busy, but we don't want it to stop there. We are thinking of offering summer camps where our growers will come together and learn new and creative growing techniques.

Number Three
Hello, I'm Yash Gupta and I run an international non-profit organization called Sight Learning. From our name, you might think we teach people how to read, but we don't. Sight Learning provides poor students with used eyeglasses.
When I was 5, I got my first pair of eyeglasses. I didn't realize how dependent I had become on them until my freshman year of high school when I broke my glasses while practicing taekwondo. It was when I had to go to school without eyeglasses for a week that I truly realized the impact that glasses had on my education. I did some research and learned that 13 million children around the world lacked eyeglasses because they couldn't afford them. I felt I should do something to help.
My project started out fairly small. I began by reaching out to local eye doctors, trying to get them to have patients donate their old pairs of glasses to Sight Learning. We have really put in a lot of effort and we're proud to say that, to date, we have distributed more than 60,000 pairs of used eyeglasses. We have given the glasses to students worldwide: in Mexico, Honduras, Haiti, India, and the United States. And we will continue helping students around the world to ensure that they have access to eyeglasses just like I did.

Seite 80
Track 16
Listening Part 4: Binge TV
Host: Hi there, and welcome to this edition of *Talk of the Time*. I'm your host, Alison Walker. I never thought I'd fall victim to what we'll be talking about today but last night I actually got hooked: I watched an entire season of the hit series *Riverdale* ... a marathon viewing from the comfort of my couch. I now know what it's like when you can't stop watching although you know that you have to get up early the next morning. Yes, I'm a binge-watcher.
Now, for those of you who are not familiar with that term, binge-watching means watching a TV series all in one big gulp rather than each episode one week at a time. According to statistics, however, I'm in good company with my new viewing habits: Close to 90 percent of men and women in the United States have reported sleep loss due to binge-watching. So, it's time to talk about it. Here to join me is psychiatrist Carl Dyer, who also lectures at the Institute of Communications at the University of Chicago. Hi, welcome to our talk.
Carl: Hello! Thanks for having me.
Host: So, Carl, am I wrong or is my impression right that streaming services are popping up all over the place these days, presenting us with an ever-increasing number of addictive series? I find it almost difficult to catch up with all these must-watch programs people are talking about. You know, Ben and Jerry's have even named one of their ice cream flavors "Netflix & Chill'd". It's almost like that's simply what you do these days: You stay at home and watch TV.
Carl: Yeah, you're right. It's a huge trend, and so, of course, companies use that for their marketing strategies. Spending a weekend at home binging an entire season of a series is considered a cozy and comfy luxury, a feeling companies want their brands associated with.

Host: However, the term "binging" itself used to have a rather negative connotation. We already know binge-eating or binge-drinking, both – to say the least – very unhealthy, if not sick behaviors of consuming large amounts of either food or alcoholic drinks in a short period of time. So, how do you assess binge-watching? Does that fit into the same category of being related to a disorder?
Carl: Well, yes and no. Yes, because studies have shown that there is a connection between binge-watching and anxiety and depression. No, because most people binge-watch TV shows from time to time, only every once in a while. So we wouldn't consider them having a disorder or being mentally ill in any sort of way. It's when you have too much screen time by yourself – when binge-watching replaces being among real people – that it can cause mental problems.
Host: I see. As part of your professorship you have been doing research on that, haven't you? What are your findings concerning binge-watching and loneliness?
Carl: Yes, well, what our research has shown is that binge-watching can be a rather lonely activity. You know, as nice as it is that each person can decide for themselves when and for how long they want to watch a program, it does make watching TV a less social event. You know, in the past we would watch an episode of a series on a certain day at a certain time. And the next day we'd talk about it at work or at school. Or we'd watch it with our family and talk about the latest plot twist straight away. Or if we didn't get something, we could ask somebody. Nowadays, with each person watching a program at any time and as long as they want, that dialog about things like little details, about characters, you know, theories about how it will continue, all that has died out. People don't talk to each other as much, so consequently, they become lonelier.
Host: Yes, that makes sense. Ah, hang on, we have our first caller joining us. Hello, Jill?
Jill: Yes, hi, I just wanted to say that I myself sometimes love to binge-watch. You know, I've got a pretty busy life, I simply can't watch programs at a certain time each week, so I love the freedom of tuning in whenever and for however long I want. And sometimes it's nice to spend an entire Sunday in bed and just allow myself to be lazy. So, I don't feel bad about binging but what makes me mad is people spoiling my fun. I just can't stand spoilers. You know, when you have just started a series of several seasons and somebody is way ahead of you and tells you something that happens in the next season. Oh, how I hate that!
Host: Right! That couldn't happen in the good ol' days of traditional television, when we all watched at the same pace.
Carl: On the other hand, we mustn't forget that back in the day, there weren't as many programs of such high quality as we find on streaming networks today. I remember mindlessly zapping through the channels without finding anything I liked. I mean, some of the hugely successful shows today are so successful because they are of really good quality with complex characters and beautifully told stories.
Host: Oh, just a sec. I hear we have another caller. Stan, is it?
Stan: Yes, hi! I'd like to comment on what Carl just said. I agree with him when he says that the quality of series is very high, but for that very reason I sometimes almost feel guilty binging on yet another excellent show with fantastic actors and great cinematography. You know, when I think about how much time, talent and money have gone into these shows, and then there is me just consuming them in one go without taking time to really appreciate them. That's not really fair to the people making the shows.
Host: I see what you mean, yeah.
Carl: Yes, and what we have found in surveys we have conducted is that when binge-watching a series, you are less likely to remember as much about the plot as when you take your time. So I support what Stan has said. It's almost like the consumerism aspect has increased.
Host: What I've also noticed is that these days it seems to be socially acceptable to say that you're looking forward to a lazy weekend just binging from a streaming service and enjoying yourself by doing so. That wasn't always the case.
Carl: That's right, there definitely is a shift in acceptance there. It's almost like good shows now rank up there with books. You know, no one would look down on someone who spends their entire weekend reading books.
Host: I guess so ... Well I'm afraid, we have to take a break now but we'll be right back to talk about other aspects of this fascinating topic. Join us then.

LÖSUNGEN

A 2 Angeleiteter Test 1

Seite 19
Listening Part 1: Travelling by Train
1. A
2. C
3. C
4. B

Seite 21
Listening Part 2: Radio Ads
5. C
6. C
7. B
8. B

Seite 22
Listening Part 3: The Summer Holidays
Jede sinnvolle Antwort wird akzeptiert. Es werden nur ganze Punkte vergeben. Für jede Antwort kann maximal ein Punkt vergeben werden. Werden bei einem item *mehrere Aspekte angegeben, so kann der Punkt nur vergeben werden, wenn alle genannten Aspekte inhaltlich richtig sind.*
Wichtig: Sprachliche Fehler führen nicht zu Punktabzug, solange die Aussage verständlich ist.

	holiday idea	reason why
David	gardening / start(ing) your first garden	something you can be proud of
Tina	a health and beauty day / a beauty day	(you'll) feel (totally) relaxed
Michael	a brunch with friends (at home)	cheaper / don't have to spend all your cash in a restaurant/have a great time
Becky	yoga	good for your body / great for reducing stress / reduces stress / (you'll) feel like a new person
Tom	volunteer work	meet new people / get into (great) shape / get a suntan / (give you an) idea of what you want to do later on (in life)
Karen	give your bedroom a new look	makes you happy

Seite 23
Listening Part 4: World Animal Day – Going Veggie
18. C
19. C
20. B
21. B
22. B
23. A
24. A
25. B
26. A

Seite 25
Reading Part 1: Out and About – Notices and signs
1. C
2. A
3. B
4. B
5. C

Seite 27
Reading Part 2: British Music Festivals
6./7. Cameron: B, H
8./9. Rebecca: C, F
10./11. Ben: A, F
12./13. Megan: E, G
14./15. Liam: C, D

Seite 29
★ **Reading Part 3: The Flash Mob Phenomenon**
16. D
17. B
18. D
19. A
20. C
21. C
22. A
23. B
24. D
25. B

Seite 33
Writing Part 1: Your Photo
Lösungsvorschlag:
Yes, that's me in the picture! It was really amazing. A great feeling: like flying and skating and swimming all at once! The picture was taken in Portugal last summer when I was trying out kite surfing for the first time. Those were the best three hours of my life!

(49 words)

Seite 34
Writing Part 2: Getting Fit
Lösungsvorschlag:
Hi Sonny,
I know your problem, but you shouldn't go on one of these extreme diets. They don't work and can be dangerous. And magic pills are even more dangerous and won't help you. They could make you ill. Why don't you try and eat healthily? Maybe cut out the sweets and eat more fruit. I think exercise is very important if you want to stay fit and healthy. I go jogging in the park every Saturday morning and I cycle a lot. You could go to a fitness club

with friends or, like me, go jogging round the park. Another idea is dancing. That is a lot of fun. Start tomorrow and you will feel better soon.
Good luck, ... (120 words)

Seite 35
★ **Writing Part 3: Mediation – Options after School**
Erwartet wird eine sinngemäße Übertragung (keine wörtliche Übersetzung!) ***eines*** *Berichtes. Die wesentlichen inhaltlichen Aspekte sind im Folgenden aufgelistet, wobei die Formulierungen nur Beispielcharakter haben. Der Text muss anlass-und adressatengerecht in Form einer E-Mail formuliert werden.*

Erwartete Inhaltspunkte:
Der Text umfasst eine knappe inhaltliche Beschreibung von einem Bericht. Es müssen jeweils eine allgemeine Information und mindestens vier zusätzliche Aspekte genannt werden.

Volunteer work in Peru

allgemein z. B. Josephine works with children / in a kindergarten in Peru.

weitere Informationen, z. B.:

- wanted to do something different after school
- wanted to improve her Spanish skills
- takes part in a three-month project in Cusco, Peru
- works for four hours four days a week
- plays with the children, paints pictures with them
- reads to kids in English or Spanish, other activities
- uses free time to explore and travel the country
- is planning to do a Spanish and a cooking course
- homesickness is no problem for her
- friendly host family
- is happy about her decision and the experiences
- ...

Felipe, au pair from Spain

allgemein z. B.: Felipe works as a Spanish au pair in Berlin

weitere Informationen, z. B.:

- is 18 and came to Germany three months ago
- lives with host family in Berlin-Tempelhof
- decided to be an au pair after he finished school and had no apprenticeship
- his friends were surprised
- has four brothers and sister at home and can deal with children
- had a culture shock at first; his German wasn't that good
- started German language course and studied for three hours every evening
- host children are boys, aged 5 and 8 → being a male au pair is an advantage
- plays with them, picks them up from school, helps in the house
- explores Germany (trips, theatre)
- meets his new German friends at weekends
- misses Spanish weather
- recommends being an au pair for learning more about yourself, other cultures
- you can learn to be more independent but at the same time you are part of a family
- ...

A 3 Angeleiteter Test 2

Seite 39
Listening Part 1: Voicemail Messages
1. B
2. D
3. C
4. D

Seite 42
Listening Part 2: Radio Spots
5. F
6. C
7. B
8. D

Seite 43
Listening Part 3: A Great Barrier Reef Day Cruise
Jede sinnvolle Antwort wird akzeptiert. Es werden nur ganze Punkte vergeben. Werden bei einem Item mehrere Antworten gegeben, kann der Punkt nur vergeben werden, wenn alle genannten Aspekte inhaltlich richtig sind. Wichtig: Sprachliche Fehler führen nicht zu Punktabzug, solange die Aussage verständlich ist.

facts about the size of the reef (9/10): *3000 separate reefs / 900 islands / 2000 km long*	what you learn about corals (15): *animal species / can't survive (die) out of water / form new reefs on old ones / 350 types*
sea life around the reef (11/12): *whales / dolphins / sea turtles / 1500 different species of fish / 350 types of coral / whale sharks*	
number of visitors every year (13): *1.5 million*	rules for divers at the reef (16): *don't touch, damage, destroy the coral / don't stir up (move) the seabed*
activities on the tour (14): *scuba-diving / trip in glass-bottom boat*	

Seite 44
★ **Listening Part 4: Teenage Ganglands**
17.C
18.C
19.B
20.A
21.A
22.C
23.A
24.C
25.B

Seite 46
Reading Part 1: Travelling Around – Signs and Notices
1. B
2. D
3. A
4. B
5. A

Seite 48
Reading Part 2: The Perfect Job
6./7. Lauren: D, E
8./9. Martin: C, D
10./11. Kylie: B, E
12./13. Kevin: A, F
14./15. Alice: A, G

Seite 50
★ **Reading Part 3: Is Facebook Killing the School Reunion?**
16.D
17.B
18.D
19.C
20.C
21.B
22.A
23.B
24.D
25.A

Seite 54
Writing Part 1: Your Photo
Lösungsvorschlag:
Yes, I did really go on this roller coaster with my brother. Our parents took us to New York last autumn and this picture was taken in Coney Island. The view was awesome but I'm not sure I enjoyed it. It was quite scary.
(44 words)

Seite 55
Writing Part 2: A Class Trip to Berlin
Lösungsvorschlag:
Hi Gavin,
I think a trip to Berlin is a great idea. You can try and find a nice hostel in Mitte. These places are normally not too expensive and you can walk to many sights.
Don't worry too much about dangers. I think Berlin is like many other cities in the world, for example you must watch your bag and be a little careful at night. But I usually feel quite safe in Berlin.
If you are interested in museums, go to the "Museumsinsel" and visit the Pergamon Museum or the Old National Gallery there. It doesn't sound cool, but it's really interesting. On a clear day you could go up the Television Tower and have an amazing view of the city. Another great place, especially at the weekend, is the Mauerpark. There is a great market and many interesting people. Spring is probably the best time to visit, because Berlin is so green and then it's not too cold and not too hot.
See you in Berlin.
Yours, ...
(168 words)

Seite 56
★ **Writing Part 3: Mediation – Summer Jobs**
Erwartet wird eine sinngemäße Übertragung (keine wörtliche Übersetzung!) ***eines*** *Berichtes. Die wesentlichen inhaltlichen Aspekte sind im Folgenden aufgelistet, wobei die Formulierungen nur Beispielcharakter haben. Der Text muss adressaten- und anlassgerecht in Form einer E-Mail formuliert werden.*

Erwartete Inhaltspunkte:
Der Text umfasst eine knappe inhaltliche Beschreibung von einem Bericht. Es müssen jeweils eine allgemeine Information und mindestens vier zusätzliche Aspekte genannt werden.

A Riding School

allgemein z. B.: You can work for a riding school/ on a horse farm in Groemitz.

weitere Informationen, z. B.:

- it's a farm/riding school with holiday guests in Groemitz
- it's a hotel and a farm
- they always have a lot of work and need support
- you have to look after 11 horses and prepare them for riding
- you can help with entertaining children in the mornings or afternoons
- your day starts with feeding the horses, sorting the stables
- if you have experience in riding horses, you can help with riding lessons
- you have to clean the horses
- you are allowed to join the rides if you know how to ride
- ...

A Children's Farm

allgemein z. B.: You work on a farm with animals and children.

weitere Informationen, z. B.:

- you help children with feeding and looking after different farm animals
- you get some training/instructions before you start
- you have to be creative with the kids
- there are up to 50 kids aged 6 to 12
- you must be 18 years old
- you should be open-minded, confident, a good team worker
- you can adapt quickly (to new people, situations)
- you have responsibility for children and animals
- it can be a hard, exhausting job
- accommodation and food are free
- you will get 125€ (for travel and other things you need for the job)
- ...

A 4 Test 3

Seite 59
Listening Part 1: Voicemail Messages
1. D
2. C
3. C
4. A

Seite 61
Listening Part 2: Radio Spots
5. D
6. C
7. E
8. A

Seite 62
Listening Part 3: A Travel Podcast – Welkommen to Berlin
Jede sinnvolle Antwort wird akzeptiert. Es werden nur ganze Punkte vergeben. Werden bei einem item mehrere Antworten angegeben, kann der Punkt nur vergeben werden, wenn alle genannten Aspekte inhaltlich richtig sind.
Wichtig: Sprachliche Fehler führen nicht zu Punktabzug, solange die Aussage verständlich ist.

9.	Ohio, USA/Ohio, Midwest USA / 300 miles from Chicago
10.	around 180 people
11.	walking / on foot / horse(-back) / horse-drawn buggy
12./13.	enjoy beautiful countryside / learn about Amish lifestyle / visit local farms / enjoy traditional local products / taste apple pie ...
14.	simple, traditional / men have beards / simple, plain clothes / no mobile phones or computers
15./16.	freedom / no military service / good farmland
17.	by bus (Greyhound) from Chicago / a day's (300-mile) drive from Chicago / by car from Chicago

Seite 63
★ **Listening Part 4: Taking Time Out**
18. B
19. A
20. B
21. B
22. C
23. B
24. B
25. B

Seite 64
Reading Part 1: Signs, Notices and Labels
1. D
2. B
3. D
4. B
5. C

Seite 66
Reading Part 2: Keeping Fit

6./7.	Brenda: A, F
8./9.	Angie: B, D
10./11.	Nick: C, G
12./13.	Jill: A, B
14./15.	Colin: D, E

Seite 68
★ **Reading Part 3: Mirror, Mirror on the Wall ...**
16. A
17. B
18. D
19. C
20. C
21. D
22. D
23. B
24. D

Seite 71
Writing Part 1: Your Photo
Lösungsvorschlag:
No joke – I am the one on the right. My best mate and I had this summer job in a theme park and we had to wear these costumes. It was great fun. People were talking to us and taking pictures all the time. This one was taken on our last day, by a professional photographer!
(51 words)

Seite 72
Writing Part 2: A Camping Trip with friends
Lösungsvorschlag:
Hi Ian,
I really understand your problem. I am 16 now and my parents didn't allow me to have a camping holiday at the Baltic Sea with my friends last year. It's annoying when your parents are too strict. But in my opinion it's quite normal. It shows how much they care. This year my parents let me have my first holiday without them. They know I am responsible enough to stay safe. Maybe you should get a Saturday job to get some extra money. You could also make a deal with your parents: If you work hard for school and help with the housework, they will let you go camping with friends next year.

Hope I could help.
Good luck, ... (122 words)

Seite 73

★ **Writing Part 3: Mediation – Young German Talents**

Erwartet wird eine sinngemäße Übertragung (keine wörtliche Übersetzung!) ***eines*** *Berichtes. Die wesentlichen inhaltlichen Aspekte sind im Folgenden aufgelistet, wobei die Formulierungen nur Beispielcharakter haben. Der Text muss adressaten- und anlassgerecht in Form einer E-Mail formuliert werden.*

Erwartete Inhaltspunkte:
Der Text umfasst eine knappe inhaltliche Beschreibung von einem Bericht. Es müssen jeweils eine allgemeine Information und mindestens vier zusätzliche Aspekte genannt werden.

ACE TEE (musician)

allgemein z. B.: Ace Tee is a female rapper / R&B musician

weitere Informationen, z. B.:

- was born in 1993 in Berlin
- grew up in Hamburg
- her parents are from Ghana
- trained as a hair stylist
- started to make music under the name MEDUZV
- released her song "Bist Du Down" in 2016 together with rapper Kwam.e
- made her own video for the song
- the video went viral/became famous outside Germany
- is interested in fashion and style
- she wears many different outfits in the video
- fashion magazines reported about her
- designed a fashion collection for H&M in 2016
- her message is that you can express yourself through whatever you wear

Edin Hasanovic (actor)

allgemein z. B.: he is a successful young actor

weitere Informationen, z. B.:

- escaped the war in Bosnia Herzegovina as a baby with his mum
- grew up in Berlin
- wanted to be an actor as a young child
- took part in castings at the age of 13 and
- became an actor at a theatre (Berliner Ensemble)
- also worked as an actor in a TV series for two years from the age of 15
- hard work and support from teachers/filmmakers helped him to do his A levels in 2011
- got main parts in several films
- won the film prize "Golden Camera" for best young actor in 2016
- played a part in a German mini-series, which won a US TV Film award
- is involved in more future film projects

LÖSUNGEN (nicht amtliche Lösungen)

ORIGINALPRÜFUNG 2022

TEIL I: HÖRVERSTEHEN

Seite 75
Listening Part 1: Voicemail Messages

1. B
2. D
★ 3. A
4. A

Seite 78
Listening Part 2: Radio Ads

5. E
6. A
7. D
8. C

Seite 79
Listening Part 3: Donating to the Needy

Von den folgenden Antwortmöglichkeiten sollte jeweils eine genannt werden, wobei die Formulierungen abweichen können. Falls mehrere Aspekte aufgeführt werden, müssen alle richtig sein.
Sprachliche Fehler sollten bei der Bewertung unberücksichtigt bleiben, solange durch eventuelle Fehler die Bedeutung inhaltlich nicht beeinträchtigt wird.

Lösungsvorschläge:

9. giving (new) sneakers to (homeless) kids / donating (new) sneakers to street kids
10. knew siblings who shared shoes / brother and sister used same shoes
11. organizing sports events / organizing activities for homeless kids
12. giving vegetables to hungry people; teaching teens to grow vegetables
13. many sponsors/supporters; created over 100 US gardens / present in over 30 states; won several awards
★ 14. organizing summer camps; teaching creative/alternative growing techniques
15. giving (pre-owned) glasses to poor students
★ 16. broke glasses / went to school without glasses; realized importance of glasses for education; 13 million children without glasses
★ 17. gave away over 60,000 pairs / gave glasses to students worldwide / helped students worldwide with glasses

Seite 80
Listening Part 4: Binge TV

18. B
★ 19. B
★ 20. C
★ 21. A
22. C
★ 23. A
★ 24. B
★ 25. A

TEIL II: LESEVERSTEHEN

Seite 82
Reading Part 1: What to Do in and around Mombasa

1/2	Kobe	B, D
3/4	Tala	C, E
5/6	Mike	D, G
7/8	Myong	A, E
9/10	Alexa	C, F

Seite 85
Reading Part 2: Short Texts

11. B
12. D
★ 13. D
★ 14. B
15. C
★ 16. C

Seite 88
Reading Part 3: My Face Became a Meme

17. A
★ 18. B
19. C
★ 20. C
★ 21. B
★ 22. D
★ 23. A
★ 24. D
★ 25. B

Teil B – Die mündliche Prüfung

Berlin:
Seite 94

question	1	2	3	4	5	6	7	8	9	10
answer	g	h	b	a	i	k	d	l	e	c

Berlin:
Seite 96

Making a suggestion (einen Vorschlag machen)	**Agreeing with a partner (einem Vorschlag zustimmen)**	**Disagreeing with a partner (einen Vorschlag ablehnen)**
What do you think of ...?	That's a great idea.	I don't think that's a good idea (because ...)
What about ...?	That sounds good/great.	I'm afraid I can't agree with you.
How do you feel about ...?	Yes, OK.	Well, that's true but ...
Why don't we ...?	All right, I agree.	I really think you're wrong because ....
Let's ...?	I think so too.	I'm sorry but I don't agree with you.
How do you feel about that?	You're absolutely right.	Personally, I think ...
We could ...	Of course, I agree with you.	... That's not a great idea because ...
Do you agree?		I can't agree with you.

Brandenburg:
Seite 105

question	1	2	3	4	5	6	7	8	9	10
answer	g	h	b	a	i	k	d	l	e	c